내가 되는 연습

KB105983

WATER
PROOF
BOOK

내가 되는 연습

민음사

여름이에요. 덥고 습한 여름. 가벼운 옷차림으로 다닐 수 있는 여름. 나무가 우거지고 물비린내가 나는 여름. 하루에 두 번 샤워를 하는 여름. 합법적으로 휴가를 떠날 수 있는 여름. 올여름에는 무슨 일이 일어날까 궁금합니다.

두 손 가볍게 보내고 싶은 여름에 한 권의 책을 읽는다면, 그건 나를 위한 책이어야 좋겠어요. 욕조에서도 해변에서도 읽을 수 있는 워터프루프북에 올해는 내가 되는 연습을 하는 이야기들을 띄웁니다. 한 해의 절반이 지나 한번 쉬어가는 여름을 맞아서요.

내가 되는 연습이란 뭘까요? 저는 『데미안』을 생각합니다. 나 자신으로부터 사는 게 왜 그렇게 어려운 일일까 자문하는 첫 구절을요. 수많은 다른 사람들과 함께 사는 이 넓은 세계 속에서 내가 누구인지 알아 가는 일은 간단하지가 않죠. 내가 무엇을 원하는지, 원하는 걸 얻기 위해서 뭘 해야 하는지를 알아내기란 더욱 어렵습니다. 안다고 생각했지만 내 욕망에 내가 충격받고, 솔직해지려고 마음먹자 눈물이 솟아나고…… 인생은 실전이라고 하지만, 나로 살아가기 위해 연습하는 일은 끝나지 않을 것만 같아요. 이 어렵고 또 중요한 연습을 인상적으로 수행한 사람들을 찾아봤어요. 안담, 일움, 김민주, 김종은, 김혜림, 영이 여섯 사람의 내가 되는 연습은 물론 서로 다른데, 치밀하고 진실해서 귀감이 됩니다.

작가 안담의 「작가 – 친구 – 연습」은 글방에서 배운 것을 회고합니다. 지금 활발하게 활동하는 1990년대생 여성 작가들이 다녔던 어딘글방에서는 작가가 되는 법만이 아니라 작가의 친구가 되는 법까지 가르쳤대요. 친구가 나보다 글을 잘 쓸 때를 견디고, 나에 관해 내 생각과 다르게 묘사해도 받아들이는 연습이요. 얼마나 힘들었을까요?

청소년 활동가 일움의 「외모 통증 생존기」는 외모 고민이 나에게 통증을 준다고 표현합니다. 외모가 전부가 아니라는 걸 알고 있지만, 그렇다고 외모 문제가 사라지는 건 아니니까요. 특히 여성 청소년에게는 또래들의 시선과 어른들의 훈수라는 이중의 굴레가 씌워지는데요. 관심과 돌봄을 받고 싶은 욕망과 외모를 내 마음대로 할 권리 사이에서 저항하고 아파하는 일움의 이야기는 강렬합니다.

음악평론가 김민주는 「미디어중독자의 행복한 삶」에서 성공한 덕후 이야기를 펼쳐요. 스마트폰 중독을 우려하는 어른들은 오프라인 세계의 고통을 감싸 안는 온라인의 삶을 모르죠. 힘든 학교생활 속에서 글쓴이는 최애의 음악에 위로받고, 비평을 쓰면서 동료들을 만나게 돼요. '어떻게든 살아간다면 행복은 있다'고 하니, 살기 싫'고 혼잣말하는 나에게 하는 말 같네요.

포항공대 화학공학과에서 온 김종은의 「익명을 설득하는 학생자치」는 학부생의 경험을 생생하게 전합니다. 남초인 학교에서 페미니즘을 말하자 신변을 위협하는 반발이 일어났는데, 이때 총여학생회의 장으로서 대응한 이야기예요. 비장한 결의로 시작했다기보다 그저 할 사람이 없어서 나섰지만, 학생들에게 꼭 필요한 일을 관철하려 단호하게 행동한 기록은 우리에게도 용기를 줍니다.

편집자이자 비평가인 김혜림의 「K 카다시안의 고백」은 픽션으로 쓴 웃기고도 슬픈 실패담이에요. 좁고 폐쇄적인 비평장을 벗어나 누구든 자유롭게 원하는 이야기를 해 보자고 비평 플랫폼 '노마드'를 연 이야기. 문제는 말할 수 없는 여러 욕망들이 공존한다는 사실이었습니다. 욕망들은 공유되지 못했고 플랫폼은 터졌어도, 현실을 향한 질문은 더 날카로워졌으니 결코 무의미하지 않은 실패입니다.

작가 영이의 「내 영역」은 트랜스젠더로서 최근 거치고 있는 신체적 트랜지션의 경험을 전합니다. '내 영역'을 침범하는 자들에 대해 분노하면서 정작 자신의 몸은 돌보지 않았던 그는 호르몬 대체요법을 하면서 자기 보존 본능을 난생처음으로 느끼게 되는데요. 내가 나로 머무는 일을 혐오하는 세계에 외치는 목소리는 아주 생경하면서도 친숙하게 마음으로 파고듭니다.

글쓰기, 외모, 미디어 중독, 학교생활, 플랫폼, 성 정체성……나와는 처지가 다르고 성향이 다른데도 각자의 고민을 따라가다 보면 스스로에 대해 알게 되는 글들입니다. 인문잡지 《한편》에서 가려 뽑은 여섯 편을 손길이 가는 대로 읽고, 나 자신의 이야기를 써 보면 좋겠어요. 이것이 저의 휴가 계획이기도 하답니다.

내가 되는 연습을 보내며
편집부 드림

차례

작가-친구-연습

* 안담

'어딘'가의 여자들

우정을 주제로 쓰기가 마치 처음 겪는 어려움이라는 듯 순진하게 굴 수는 없다. 오히려 그건 너무 많이 시도해서 질려버린 일에 가깝다. 나는 10대 후반부터 20대 초반까지 영등포구 하자센터의 '어딘글방'이라는 공동체에서 글쓰기를 훈련했다. 분명 모두에게 열려 있는데도 지독하게 남자 아닌 애들만 남는 공간이었다. 어딘글방을 처음 찾아갈 무렵의 나는 섹스 아니면 강간 얘기하는 화난 여자애였다.

그곳에서 나와 같고 다른 애들을 만났다. 똑똑한 애도 순진한 애도 잘 꾸민 애도 못 꾸민 애도 예쁜 애도 예쁨 같은 것엔 관심 없는 애도 있었지만 다들 글을 잘 쓰고 싶어 한다는 점만은 같았다. 그중에는 10년 후 등단 제도의 바깥에서 나타나 걸출한 에세이스트로 출판계와 독자들의 환영을 받게 되는 인물들도 있다. 그때는 그런 미래를 미처 다 알 수 없었음에도 우리는 그저 썼다. 무려 작가 되기를 원하는 사춘기 여자애들. 싱그럽고 징그러운. 그 틈바구니에 있고 싶어서 매주 강

원도 봉평과 서울시 영등포구를 오갔다. 그 애들과 함께 쓰고
싶어서.

무엇에 관해 썼던가? 학교의 안팎, 내가 잤던 여자와 남자
들, 장례식과 유서, 그때 그 음식, 디바들, 춤과 노래들, 어림과
늙음, 운명, 계절, 그의 죽음, 터미널에서 하는 생각, 장보기 목
록, 이뻐죽겠고 미워죽겠는 친구, 또는 친구 없음, 버스와 택
시, 수영과 달리기, 가질까 봐 무서워한 아기, 끝내 가지지 못
한 아기, 우리 할아버지들의 직업, 싸움의 기술, 맞고 때린 일,
배신당하는 기분, 질투의 이력, 성폭행당하던 날의 날씨, 손과
얼굴, 황진이와 허난설헌과 논개, 먼 나라에서의 도둑질, 거기
서 그 애와 사랑에 빠진 일, 엄마, 엄마의 엄마, 엄마의 엄마의
엄마, 그리고 나, 그리고 너…….

어딘은 이 이글거리는 이야기들을 혼신의 힘을 다해 받아
낸 스승이자 동료였다. 그러나 붐빌 때는 열 명도 더 되는 학
생들의 이야기를 모두 합한 것보다도 그가 가진 이야기가 항
상 더 많았다. 인어공주에서 출발한 이야기를 논개로 도착하
게 하는 사람. 베트남, 연해주, 하와이의 여자들에 대해 말해
주는 사람. 경주를 말하다가 남영동을 말하고, 박완서와 박경
리를 읽으라고 채근하는 사람. 고정희도 랭보도 인용하는 사
람. 정약용에 대해서도 바오밥나무에 대해서도 인공지능에
대해서도 똑같이 할 말이 많은 사람. 스승에게도 한계란 게 있
겠지만, 적어도 내가 그것을 목격할 일은 없다고 느낄 정도로
방대한 지식을 그는 품고 있었다.

어딘 이후로도 생의 길목에서 그런 여자들을 자꾸 마주쳤
다. 무시무시하게 똑똑한 여자들. 머리가 짧고 결혼을 하지 않
았으며 페미니즘이라고 말할 때에는 꼭 f 발음을 살리는 여자

들. 그들은 하나같이 소화 기관이 나빴다. 그리고 잊기 어려운 목소리와 인상이 짙은 화술을 지니고 있었다. 타인의 마음에 말을 남게 하는 게 직업인 사람들이니까. 어느 날 책장을 쳐다보다가 민음사 세계문학전집이 백인 남자들의 사진으로 빼곡하다는 사실을 발견하고 이상함을 느꼈던 기억이 난다. 어떻게 생각해도 내게 글은 여자가 쓰는 거였기 때문이다. 아직도 글을 쓸 때면 나는 머릿속에서 여성의 음성으로 혼이 난다.

작가 되기, 작가의 친구 되기

어딘글방에서 우리는 작가 되기뿐만 아니라 작가의 친구 되기도 훈련했다. 인용하는 연습뿐만 아니라 인용당하는 연습도 했다. 기꺼이 서로의 글감이 되어 줄 수 있는가? 글방에서 우정은 그런 의미를 포함하고 있었다. 어떤 경험과 말에 '내 것'이라는 딱지를 붙이는 건 치사하고 쩨쩨한 처사였다. 누가 나를 글에 써서 분하다면 나도 그를 글에 쓰면 된다. 공동으로 겪은 하루를 한 사람은 글로 써 오고 한 사람은 만화로 그려 오는 풍요가 글방에는 있었다. 아직 쓰이지 않았다면 이야기가 아니다. 따라서 '내 이야기였어야 할 이야기'라거나 '내가 쓰려고 했던 이야기'라는 표현은 틀렸다. 그가 썼다면 그의 이야기인 것이다.

글방에서 좋은 작가란 너와 나라는 진부한 이분법을 탈피해 보려는 작가였다. 굵고 검은 자아의 윤곽선을 부단히 지우며 힘껏 투명해져 보려는 작가. 어설프더라도 주어 자리에 '너'나 '그'를 적어 보고 이해해 보려는 글들이 따뜻한 응원을 받았다. 그런가 하면 나라는 주어, 나에 대한 관심, 나의 감정으로만 가득한 글들은 호되게 혼이 났다. 잊을 만하면 부풀어

오르는 자의식을 바늘로 찔러 터뜨리면서 우리는 자주 울었다. 자다가 울고, 쓰다가 울고, 읽다가 울고, 담배를 피우다가 울었다. 훗날에는 두고두고 긴요할 창피의 경험이었다. 나의 경계를 흐리게 하여 세계의 물이 드는 일. 그런 희석의 감각이 어린 작가들에게는 죽음과도 같이 여겨졌을 것이다. 그 죽음들 끝에 더 크고 깊고 넓어진 '내'가 태어난다고 하더라도 두렵기는 매한가지였을 것이다.

　　작가의 좋은 친구가 되는 원리도 같았다. 친구의 글이 칭찬받을 때 마치 내가 칭찬받기라도 한 듯 기뻐하기. 나의 경험과 언어가 너의 글의 소재가 되었을 때 얼굴 붉히지 않기. 그런 훈련은 누구에게도 만만치 않았다. 가장 무던한 사람에게도 남이 받는 사랑을 생각하다가 잠 못 이루는 날은 찾아오기 마련이니까. 그런 밤에는 남의 글을 읽고 또 읽었다. 모든 문장이 마치 내가 쓴 것처럼 느껴질 때까지 읽었다. 그처럼 쓸 수 없는 슬픔을 가눌 수 없다면 가장 정확한 해석자의 자리라도 차지하려 했다. 질투하는 만큼 칭찬해 보려고 애쓰고, 분한 만큼 이해해 보려고 애썼다. 그렇게 노력해도 자신의 글이 혹평을 받는 날 학생의 마음에서는 어김없이 오래된 이분법이 들끓는다. 너이고 싶다. 내가 아니라, 너이고 싶다. 나와 너 사이에 도저히 너비를 헤아릴 수 없는 강이 도로 흐른다. 그간의 노력이 무색하게도.

'나' 밖에 쓰기

　　들어도 들어도 익숙해지지 않았던 스승으로부터의 혹평이란다면 단연 '자의식 과잉'이란 말을 꼽겠다. '자의식 적당'이나 '자의식 부족'이란 표현도 있었다면 공부가 조금 수월했을까? 그러면 그 상태들의 차이를 비교해 보며 지름길을 찾아낼 수 있었을까? 자의식 과잉이라는 말을 들을 때마다 나는 아무 길도 그려지지 않은지도 속에 떨어진다고 느꼈다. 땀에 젖은 손에 달랑 '자의식 과잉'이라는 주소가 적힌 쪽지 하나를 쥐고서, 그 주소의 반대편을 찾아가라는 지령을 받은 기분이었다. 그 말이 정확하게 왜 수치스러운지도 모르면서 그 말만은 듣고 싶지 않아서 이렇게도 써 보고 저렇게도 써 보았다. 그래도 여전히 '나'가 지나치다는 평가가 돌아왔다.

　나는 지금도 '나'라는 주어를 쓸 때마다 곧장 어깻죽지에 회초리가 떨어질 것처럼 움츠러들고는 한다. 글 어디에 '나'가 있나 샅샅이 수색한 뒤 그 모든 나를 죽이는 훈련을 집요하게 했기 때문이다. 이건 서툴고 성마른 모든 작가가 반드시 거쳐야 하는 훈련이기도 하다. 글방에서 나는 영원히 그 훈련에 합격하지 못할 거라는 생각을 했다. 그러다 점점 쓰지 않게 되었다. 글을 가져가지 않는 날이 글을 가져가는 날보다 많아지다가, 이윽고 글방을 떠나게 되었다.

　글방 이후로 다시는 쓰지 않겠다고 생각했다. 스승의 말마따나 우아한 독자로 남는 것도 훌륭한 선택이니까. 머지않아 내게 독자가 될 힘도 남아 있지 않음을 알게 되었다. '그럼에도 불구하고' 써내기에 성공하는 씩씩한 동료들의 글을 마주치면 마음이 아팠다. 한동안 친구들의 글을 피해 다녔다. 글쓰기가 주는 두려움과 고통이야 글방의 누구에게든 똑같았을 텐데 어째서 내게는 회복도 성장도 주어지지 않았는지, 기어코 쓰려는 마음이 언제 부러졌으며 왜 다시 붙지 않는지 물어볼 사람들 역시 잃어버렸다.

　작가가 되는 게 어려워지자 작가의 친구가 되는 일도 어려워졌다. 나는 쓰기를 그만두었지만 친구들의 글 속에는 왕왕 내가 등장했다. 내가 했던 말이 조사 하나라도 다르게 인용되거나 친구의 문체를 입은 채 나타나는 걸 견디기가 힘들었다. 그게 창피했다. 인용당하는 연습을 그렇게 하고도 아직 상처받는다는 사실이. 나는 친구들에게 나의 취약하고 비좁은 마음을 부디 이해해 주기를 바란다는 말과 함께 너희의 글에 더 이상 내가 인용되지 않았으면 한다고 부탁했다. 내 언어가 누구에게도 기록되지 않고 사라지기를 바랐다. 그게 내가 그토록 도달하길 바랐던 '나'의 소멸에 가장 인접한 길이었다.

'그럼에도 불구하고' 꾸역꾸역 '나'라고 되살려 적는 용기를 지닌 사람들도 있다는 사실을 그때는 몰랐다. 달군 인두를 향해 손가락을 뻗는 심정으로, 낙인이 남을 것을 뻔히 알면서, 심지어는 적극적으로 그 상처를 의도하면서 '나'라는 주어를 고수한 작가들도 있다는 사실을 누가 알려 주었다면 좋았을 것이다.

나를 괄호 칠 수 있는 글의 매끄러움 앞에서, 나-너-우리로 잡음 없이 이행하는 글의 밝은 사회성 앞에서, '우리'의 자연스러운 확장과 연결을 향한 믿음 위에 지어진 글들의 건강함 앞에서 희망이나 소속감 대신 외로움과 좌절감을 느끼는 사람들에게는 어떤 쓰기의 방법이 남는가? 사회가 자꾸 너는 뭐냐고 묻는 것 같은 환청에 시달리는 사람들, 그러다가 '나는'을 남발하게 된 자의식 과잉자들의 글은 어떻게 읽는가? 나를 함구하면 '우리'에 포섭되는 데 동의했다고 간주하는 정상성의 폭력에 맞서 버티고 있는 '나'를 어떻게 알아보는가? 존재하는 게 당연하지 않아서 삭제될 자유도 획득하지 못한 '나'들, 그런 사연으로 죽지 못한 '나'들을 어떻게 찾아내는가?

　나는 너라는 긍정의 미소보다는, 나도 내가 아니라는 부정의 폭소만을 맞춤옷처럼 소화하는 사람들의 무리를 만났다면? 그런 질문을 던진 사람들의 계보와 좌표를 일찍 소개받았다면, 그랬다면 좀 더 나은 실패의 스타일을 익힐 수 있었을까? "내 몸에서 나가지 않는" 그 모든 "년들"에 대해 방언을 쏟아내는 김언희의 기세를 배웠다면. 나와 꽃과 죄수 사이에 등호를 놓고 말갛게 웃는 장 주네의 사랑을 배웠다면. 수치심의 경험도 자긍심의 경험도 '나'라는 주어 아래 기록하길 포기하지 않으며, 이 '나'들이 서로에게 내는 상처까지 드러냄으로써 끝내는 읽는 이를 여럿으로 쪼개 놓고야 마는 일라이 클레어의 악취미를 배웠다면. 그랬다면 글 쓰는 친구들 곁을 떠나지 않아도 되었을까?

친구의 표정

　친구들 때문에 쓰지 못한 시간이 길었음에도, 내가 다시 쓰게 된 것 역시 친구 때문이었다. 어느 날 오랜 친구가 자신이 하는 메일링의 한 코너에 글을 써 달라는 청탁을 해 왔다. 처음에 나는 이제 쓰는 손을 잃어버렸다고 대답했다. 친구는 넉넉하게 마감일을 정해 주며 나를 어르고 달랬다. 못 이기는 척 썼다. 더 이상 쓰고 싶지 않다고 거짓말하기엔 민망할 정도로 많은 분량의 글을 써서 보냈다. 이렇게 쓸 거면서 왜 그간 쓰지 않았냐고 친구는 물었다. 너무 쓰고 싶어서 쓸 수 없었다고 나는 말하지 않았다.

　그 이후로 친구 없이는 글을 못 쓰는 사람으로 지낸다. 지난 초여름에는 아예 '친구의 표정'이라는 제목의 일간 메일링을 했다. 친구들의 말에 적극적으로 기댄 글들을 썼다. 쓰는 이들 사이 우정의 법도는 내가 기억하던 것과 같았다. 모두가 너그럽게 자기의 말을 빌려 주었다는 뜻이다.

언제부턴가 좋아하는 작가를 물으면 친구들의 얼굴이 떠오른다. 그들의 뛰어난 문장과 생각을 모셔 와 내 글의 부족함을 만회한 적이 수도 없이 많다. 그 대가로 나도 내 말을 그들에게 헤프게 준다. 이제는 친구들이 나를 어디서 어떻게 인용하든 크게 상관하지 않는다. 공교롭게도 '나는'이라고 너무 많이 쓰다가 그렇게 되었다. 원 없이 '나'라고 써 놓고 보니 그 많은 나가 다 나일 리가 없는 것처럼 느껴졌다. 나는 무엇이라고 쓰는 순간 나는 그 무엇으로부터 멀어진다. 나는 무엇도 아니다. 그러므로 내 말은 너의 말도, 그의 말도 될 수 있다.

서로를 이렇게나 적극적으로 인용하는 무리가 있고 거기에 내가 속해 있다는 사실이 자랑스러운 한편, 또다시 한 글자도 쓸 수 없게 되는 날이 올까 봐 두려워하곤 한다. 글 속에서 서로의 이름을 부르는 친구들을 보며 고향을 포기한 사람처럼 쓸쓸해하던 날들. 스스로 떠났으면서 따돌려지고 있다고 느끼던 날들. 어쩌면 이 무리의 바깥에 여전히 그가 있을까 봐 신경이 쓰인다. 꼭 나 같은 그가 나를 미워하고 있을까 봐.

바깥에 있는 춤

이 글에서는 어떤 친구의 이름도 어떤 친구의 말도 인용하지 않았다. 그건 얼마 전 내가 어떤 기록 불가능성의 기쁨을 보았기 때문이다.

화요일마다 친구들과 소울댄스를 배우기로 했다. 첫 수업이 끝나고 각자의 영상을 확인하는데 푸하하 웃음이 터졌다.

18

안무를 틀리지 않는 이가 없었다. 셋이서도 전혀 다르게 움직이고 있었다. 심지어 같은 선생님에게 배웠다고는 믿을 수 없을 만큼 다른 춤. 쓰기에 있어서는 나와 너를 자유자재로 넘나드는 작가들이 처절하게 나이기만 한 채로 춤추는 모습이 고스란히 카메라에 담겼다. 누가 봐도 우리는 너무 못하는 일을 하고 있었다. 말하자면 원본을 흉내 낼 수조차 없을 만큼 요령 없는 장르의 일을 아주 열심히 하고 있었다. 그래서 걔는 어떻게 춤을 췄다고? 누군가 묻는다고 해도 나는 그 움직임을 재현할 수 없을 터였다. 기록도, 인용도 불허하는 춤. 나의 문자로 포섭해 지면에 눕힐 수 없는 너의 움직임. 갑자기 어려진 기분이 들었다. 모두가 내가 되는 법밖에 모르던 때로 돌아간 듯한 얼굴이었기 때문이다.

그래, 네가 거기 있구나. 내 바깥에. 오랜만에 그렇게 느꼈다. 서로에 대해 자주 쓰다 보면 가끔 그들이 내 안에 있는 것만 같다. 그건 물론 황홀하고 든든한 감각이다. 그러나 서로의 안에 있는 상태로는 서로의 춤을 볼 수가 없다. 친구를 보기위해서 나는 우리의 바깥으로 나갔다. 우리의 몸이 떨어져 있다는 게 좋았다. 우리 사이에 금이 그어져 있다는 게. 이해 너머에 있는 영역, 그러므로 감히 기록할 수도, 인용할 수도 없는 영역이 건재하다는 게 좋았다. 나는 친구에 관해 쓸 수 없는 시간 속으로 들어가서 비로소 친구를 향해 팔을 뻗어 보았다. 그리고 그 시간에 관해서는 조금도 기록하지 않았다. 어떤 기억은 살아져야 하니까.

외모 통증 생존기

* 일움

나는 내가 선택한 옷을 입고, 얼굴과 머리를 다듬고, 내가 가기로 한 곳에 서 있다. 퀴어 페미니스트로 스스로 정체화하면서 나는 외모에 대한 강박으로부터 자유롭기를 선언했다. 하지만 나는 여전히 '외모 통증'에서 자유롭지 못하다.

외모를 둘러싼 선언들

외모 강박으로부터 자유롭다는 선언은 쿨한 멘트에 그렇지 못한 태도에서 불안과 공허함 따위가 발견되기도 한다. 이를테면 나와 친구들은 화장을 하지 않는 대신 입술을 깨무는 습관이 생기거나, 숏컷에 맨얼굴을 하고 셔츠나 무지티에 정장 바지를 입는 전형적인 '탈코르셋'의 외형을 한 자신의 모습을 부끄러워하기도 했다. 티슈 뽑듯 쏙 탈출할 수 없는 여성혐오적 외모주의의 세상에서, 자유롭고자 하는 우리의 다양한 시도들은 결국 못생김에 번뜩 까무러치는 순간에 자주 도달하고야 말았다.

외모 평가로부터 자유롭지 못하다는 선언은 출처가 뒤엉

킨 원한과 수치로 범벅될 때가 있다. 외모주의의 콩깍지가 이물감 없이 씌어 있는 내 안에서 넘실대는 혐오에 절로 피로해지기도 한다. 이를테면 "나는 못생긴 여성이다!"라는 선언을 보면 "그래! 못생긴 여자들이여, 연대하자!"가 뒤따르기보다도 "그렇지……" 하며 맥이 빠지곤 하는 것이다. '못생긴' 얼굴로서의 선언은 용기와 힘을 불러올 때도 많지만, 힘없이 꺼져 버리는 순간도 많다고 느끼곤 했다.

한눈에 보기에 아름답지 않다는 것이 기어코 슬퍼진다면 어떡해야 할까? 모두에게, 더군다나 여성 퀴어 청소년을 혐오하며 나의 외모를 혹평하는 이에게 잘 보여야 할 이유는 없다. 그럼에도 외모 비하에 타격을 받지 않는 것인지 그러지 않고자 애를 쓰고 있을 뿐인지 스스로 헷갈렸다. 아무도 혹평하지 않을 때조차 문득 나의 모습을 비추어 보다가 미적 자원 부족에 슬퍼지곤 했다.

나는 나의 페미니스트 친구들과 외모 통증을 공유한다. 못생김 문제는 그저 외모 정상성에서의 해탈과 단련의 차력 쇼를 거듭해야만 갈무리되는 것일까? 혹은 외모 통증이란 타고난 자기검열 기질의 결과일 수밖에 없을까? 내가 아무리 퀴어 페미니스트인들 사회적인 외모 정상성에 맞지 않는 얼굴과 몸과 기질을 지니고 있는 한, 죽을 때까지 내 외모를 깎아내리고 개조하려는 마음으로부터 자유로울 수 없다면 어떻게 해야 하나?

이 통증은 영영 설명될 수 없을 것만 같다. 외모 통증에 대한 토로는 여자애들의 징징거림일 뿐인 것 같다. "통증의 실제 느낌이 어떤지를 묘사할 때 말이라는 것이 조금이라도 쓸모가 있는가? 언어는 모든 것이 끝나 버리고 잠잠해진 뒤에야 찾아온다. 말은 오직 기억에만 의지하며, 무력하거나 거짓이 거나 둘 중 하나다."[1] 그렇지만 아프면 일단 징징댈 수밖에 없고 또 같은 고통을 나눌 때면 공감으로 벅차올라 아픔을 잊기도 하기에, 어쩌면 내가 '못생기지 않았음'을 확인받거나 못생김에 의연해지는 팁을 전수받을지도 몰라서, 우리의 외모에 대한 말하기는 꼬리에 꼬리를 문다.

돌봄 품절의 현장

외모 통증은 돌봄받지 못함과 긴밀히 이어져 있다. 돌봄의 기억을 거슬러 올라가면, 돌봄을 바라는 사람들로 북적이던 현장에는 온통 돌봄 품절을 알리는 고함뿐이었다.

집에는 혈육이 셋이었고, 엄마는 독박 육아자였다. 학교에는 교사 한 명에 맡겨지는 학생이 스무 명을 넘었다. 아동센터에는 지도자 둘에 아동이 열댓이었고, 사건 사고가 너무 많았지만 쉼터 지도자와 일대일 관계를 맺기 어려웠다. 돌봄은 상호적이라지만 언제든 어린 이들은, 그중에서도 가난하고 혼자 남겨진 이들은 한 사람분의 돌봄을 온전히 주고받길 기대하기 어려웠다. 결국 돌봄받고자 한다면 좀 더 '예쁘게' 스스로를 개조하는 수밖에 없었다. 모든 관계에는 돌봄이 필요한데, 언행을 바람직하게 가꾸기에 앞서 얼굴과 몸이 예쁘면 좀 더 돌봐지는 것이었다. 몇몇 또래들은 돌봄받기 위한 꾸밈에 환멸이 나면 자해를 하는 등 미움을 사서 돌봄을, 관심을, 집중을 받고자 했다. 그러면 선생들은 이런 애까지 일일이 돌

---

1   알퐁스 도데, 손원재·권지현 옮김, 『알퐁스 도데 작품선』(주변인의길, 2003), 375쪽.

볼 여력이 없다고, 애는 그냥 '관종'이고 문제아라고 했다. 돌봄받지 못한 몸과 마음은 음침하다 불리며 더욱 돌봄받지 못했다.

어딜 가나 청소년끼리 모인 곳에서는 외모 품평이 노골적이었다. 보육 시설에 세련되고 깔끔한 이가 들어올 때와 누가 봐도 손길을 받지 않은 이가 들어올 때, 그를 둘러싼 또래들의 공기가 달랐다. 모두들 자신이 '탁아소'에 맡겨진 것을 알고 있었다. 너저분함은 우리에게 아주 적절한 모욕이었다. 그 안에서도 계급이 생겼고, 외모를 품평하는 권력은 또래 집단 안에서 되풀이되고 전복되었다. 그 위계질서 속에서 화두에 오를 나의 외모를 점검하던 긴장감을 기억한다.

비청소년[2]이 청소년의 외모에 대해 말을 얹기는 더욱 쉬웠다. 쉼터에서든 학교에서든 선생은 곧 통제자였다. 쉼터 안에서 브라를 하고 있지 않으면 핀잔을 주는 이들이었다. 교문 앞에서 마스크를 내려 화장을 검사하고 겉옷을 벗겨 사복을 확인하는 이들이었다. 관리가 책무인 그들에게 용모 관리는 유구한 역사를 가진 일상 업무였다.

여성 청소년의 외모 변론

일상적인 외모 통제에 나는 어떻게 맞섰던가. 학교와 보육 시설을 벗어나면 그에 맞설 수 있는 기회가 생겼다. 나에게 발언권이 주어졌고, 청소년 인권 운동을 하기 시작하면서는

---

2   '성인(成人, 자라서 어른이 된 사람. 보통 만 19세 이상의 남녀)'이라는 단어가 내포하는 나이주의를 경계하고자 성인을 '비청소년'이라 표기했다. 성숙함과 나이는 비례하지 않을뿐더러, 어린 이들을 '미(未)성년자'라고 표현할 때 반복되는 미성숙의 악순환을 경계하고자 함이다.

청소년 인권에 대한 최소한의 합의가 존재하는 공간으로 진입할 수 있었기 때문이다. 하지만 외모 앞에는 인권이 도통 들어 먹히질 않는다.

인권 강사단 양성 교육 과정의 일환으로 청소년 인권 강연을 나간 적 있다. 강의실을 가득 채운 중년의 수강자들 앞에서 가벼운 OX 퀴즈를 냈다. '짧은 교복, 진한 화장을 한 여학생을 보면 마음이 불편한 건 어쩔 수 없다.' 청소년 페미니즘 단체에서 나온 활동가가 이런 문장을 제시한 의도는 빤하다. 그런데 속으로는 갈등하더라도 '아니다'를 낼 것이라는 예측은 빗나갔다. 과반수 이상이 '그렇다'와 함께 요즘 애들 이야기에 열을 올렸다. 나는 마이크를 들고 사람들의 답에 대한 질문을 다시 이어 가며, 오늘 내가 진한 화장을 하고 짧은 치마를 입고 왔다면 어땠을지를 상상했다. 발랑 까진 요즘 청소년들에 대한 분노로 넘실대는 강의실에서 자조 농담을 할지 말지 잠깐 고민했다.

청소년의 외모에 대해 쉽게 가치 판단을 내릴 수 있는 비청소년의 권력이 아득할 때, 나는 수집해 둔 비청소년의 무례한 발언을 카드로 꺼내 보이며 변론의 물꼬를 튼다. 청소년 혐오적 발언에 변론하고 싶고 동시에 그런 혐오가 두렵지 않다고 말하고 싶고 전복하고 싶을 때마다 나는 예상치 못한 '그렇다'의 향연에 당황하며 카드를 능수능란 펼치고 모을 재주가 있는지를 질문한다. 휘리릭 카드를 만지고 이것들에 전혀 베이거나 찔리지 않으면서 전문성이나 자신감을 보이고 싶었던가? 편협한 시선 앞에서 기죽고 싶지 않았던가?

일반적으로 여성 청소년의 외모는 단정하고 깔끔한 것이 좋다고 한다. 화장품은 피부에 유해하고 노출이 있거나 조이는 '편하지 않은 옷'은 활동적인 생활의 걸림돌이며 다이어트 강박을 심화시킨다고 한다. 왜 그렇게 말하면서 여성 청소년을 '지키려는' 걸까? 그런 말은 정말 우리를 '지키는가'? 어쩌면 비청소년들은 여성의 꾸밈 노동이 '섹시함'에 가까워질수록 성적 대상화되고 강간의 위험에까지 닿을 수 있다는 사실이 너무도 공고하기에 두려워서, 결국 '그 말'을 하고야 마는 것이다. "그래도 애들은 순수한 것이 가장 건강하고, 예쁘고, 자연스럽지⋯⋯."

지역의 활동 현장에서 나는 초면의 동료 활동가에게 '어리고 맑은' 얼굴을 칭찬받는다. 그것은 '못생김'과는 다른 차원에서 나를 괴롭힌다. 얼굴이 빵실빵실한 활동가라는 것. 언제나 지나치게 결연하거나 혹은 말갛다고 말해지는 나의 얼굴은 머쓱할 때가 많다. 이를테면 회의에서 논의의 흐름을 따라가지 못함을 동료들에게 밝힐 때, 그런 질문을 하는 나의 얼굴이 너무도 어려 보이면 어쩌지 하는 걱정을 한다.

권리와 고통의 쳇바퀴 너머

짧은 치마를 입는 것은 나의 권리다. 동시에 짧은 치마를 입는 것은 아픈 행위다. 다리를 드러내고 치마를 입기 위해 살을 빼야 하며, 훑는 시선과 평가하는 말에 노출되어야 한다. 적절하게 꾸미는 것에 실패한 어린 여성은 '일진 메이크업'같은 조롱의 대상이 된다. 과감한 옷을 입으면 '남자들이 어떻게 볼지 아느냐, 싼티 난다, 몸 팔러 가냐'같은 말이 쏟아진다. 젠더 불평등, 끊이지 않는 성폭력에 대한 불안과 맞물린 보호주의의 굴레에서 우리를 둘러싼 평가와 외모 통증이 함께 굴러간다. 그 굴레 속에서도 '순수하고 아름답지만 섹시해서는 안

되는' 여성 청소년 전용 쳇바퀴 굴리는 법을 익힌다면 순수함, 단정함, 발랄함 같은 것들로 그 나름의 사랑을 받아 낼 수가 있다.

그 옆에서는 더욱 다채롭고 거대한 쳇바퀴가 쌩쌩 돌아간다. 순수함에 정면으로 반기를 드는 그 쳇바퀴는 종종 해방적으로 다가온다. 실제로는 고통스러울지라도, 올라타면 비웃음과 비난을 살지라도 그것이 어른들만의 것이라면 참을 수 없이 입장권을 호시탐탐 노리게 된다. '빡센 꾸밈 노동을 한 섹시하고 마른 여성'이라는 미의 기준에 더 자주 걸려 넘어지고 아프게 될 테지만, 나는 기꺼이 도전한다. 증가하는 노동량은 미적 자원 부족의 운명을 개선할 기회처럼 보인다.

나에게는 여성 청소년에게 금기시되는 외모를 가꾸고 보여 주고자 하는 욕구가 존재한다. 사회적으로 규정된 '아름다운 여성'의 기준이자 (어린 이들에게는 더더욱) '성적 대상화된' 바로 그 모습을 스스로 연출하고 싶은 욕망에 휩싸인다. 과연 정말로 대상화되고 싶은 것일까, 이 욕망은 어디서부터 출발했는가 하는 질문과는 별개로 스스로 외모를 연출하는 행위는 그 자체로 인정되어야 한다. 욕망 자체를 은폐하려는 시도는 여성 청소년을 '보호'하지 않는다. 나는 보호에 대해 질문한다. 어리고 미성숙하다고 불리는 이들의 욕망은 왜 이토록 냉랭히 '건전함'의 심판대로 밀려나는가? 사회로부터 격리되어 지금의 욕망이 삭제된 삶을 살게 하는 것은 결코 안전지대를 보장하지 않는다.

나는 여성 청소년에게 더욱 다채로운 외모 쳇바퀴로의 입장권이 주어지기를 요구한다. 하지만 그로 인해 더 아프고 괴로운 삶이 초래될 가능성을 무시할 수 없는 것도 사실이다. 그러므로 나는 향유와 강박이 맞물린 쳇바퀴 자체에 대해 이야기한다. 쳇바퀴를 폭신하게 보수하든 평평하게 해체하든 우리의 뜻대로 다시 지을 권력이 필요하다.

나는 야간에 일을 해도 괜찮다고 동의했지, '야간에 돌아다녔다'는 이유로 각종 폭력의 피해자가 되는 것에 동의한 적 없다. (……) 안전하고 두렵지 않게 밤거리를 마음껏 활보하고, 여기저기 돌아다니고, 일하고 싶다. 밤거리에서 내가 감수해야 할 두려움이 단지 어둠에 대해 가지는 인간의 기본적 두려움에 그쳤으면 좋겠다. (……) 일하던 편의점 바로 앞에 있는 공원 화장실에 가면서도 두려웠던 게 일상적이었다는 사실이 비참했다. 별것도 아닌 통금 때문에 할 수 있었던 일들을 못 하고, 밤에 돌아다니고 일을 하는 '어린 여자'라는 이유로 폭력에 희생되더라도 입이 틀어막히는 경험은 전혀 유쾌하지 않았다.[3]

어린 여자들의 안전은 꽁꽁 싸매진 몸이 아니라 안전한 거리로부터 나온다. 나는 더 이상 고통으로 위협당하며 얼마나 꾸밀지를 허락받기 싫다. 꾸밀 권리는 나의 것이고, 고통 없는 세계를 만드는 일은 우리의 몫이다. 우리가 정말 두려운 것은 무엇인가? 예를 들어 나의 민소매 차림을 지적한 엄마는 밖으로 드러난 살결이 두려웠는지, 팔에 쏟아지는 시선 폭력이 두려웠는지를 물어야 한다. 이 두려움을 우리가 떠안지 않고 자유롭게 살 수 있도록 말이다.

3   치리, 「내게도 밤에 안전할 권리를」, 『걸 페미니즘』(교육공동체벗, 2018), 191쪽.

지역에서 활동가 되기

이러한 물음으로 나는 어린보라[4]를 만났고, 청소년 운동을 시작했다. 내가 청소년 페미니스트 활동가가 된 것은 결국 자유롭기 위해서였다. 동료들은 세상의 두려움으로 나를 단속하는 것이 아니라 같은 마음으로 세상에 함께 질문하자고 제안하는 사람들이다. 나의 차림과 나이는 그곳에서 전혀 문제가 되지 않았다. 어린보라에 들어가서 나는 얼마든지 어릴 수 있었다. '어리니까 아직 몰라도 돼, 어리니까 철이 없지' 따위의 말이 없는 곳에서 '어림'으로부터 나를 놓아줄 수 있었다. 어린보라 사람들과 외모에 대한 마음을 이야기할 때, 자유를 세상에 말할 때 나는 시원해졌다.

다양한 몸의 자리가 있는 곳. 마음속에 어떤 불안이 있을지는 모르지만, 어린보라 사람들에 대한 나의 첫인상은 그랬다. 그냥 이렇게 다들 있구나. 서로를 향한 시선이, 우리가 하는 평등 문화 약속이 그랬다.[5] 여전히 외모를 자조하고 아픔을 느끼면서 결국 외모 통증으로부터의 절대적인 자유는 없

---

4 어린보라는 대구 지역의 청소년 페미니스트 모임이다. 2018년 '스쿨미투 청소년 연대 in 대구'라는 이름으로 결성되었다가, 2020년 어린보라로 단체명을 변경했다. '어린 것들의 페미니즘'이라는 뜻과, '어린 것들을 보라' 두 의미를 가진다.

5 "우리는 성별, 성적 지향, 성별 정체성, 장애, 나이, 지역, 출신 학교 및 학력, 병력 또는 건강 상태, 임신 또는 출산 관련 선택, 가족 구성 및 형태, 경제적 상황, 사회적 지위, 군 복무 여부 및 형태, 종교, 전과 등(이하 '성별 등')을 이유로 서로 차별하지 않습니다." "우리는 사회적 소수자에 대한 혐오 발언을 하지 않고, 이를 마주했을 때 적극적으로 제지합니다." "우리는 각자가 허용하는 신체적·심리적 거리가 다름을 인정하고, 상대방의 동의 없는 신체 접촉이나 타인에게 불쾌한 언행을 하지 않습니다." 등의 조항으로 구성된 약속문.

는 걸까 생각했지만, 그렇다고 해서 그 공간이 자유롭지 않은 건 아니었다. 외모 통증으로부터는 자유롭지 못했지만, 외모 가꿈의 영역에서 우리는 자유로이 남을 수 있었다. 그 자유를 지금까지도 느낀다.

한편 지역에서 활동한다는 것은 언제 알아봐질지 모르는 긴장 속에 있는 것이기도 하다. 활동 반경이 너무나 가까운 나의 지역, 나의 동네인 것이 문제다. '대구 청소년 페미니스트 모임 어린보라' SNS 계정에 사진을 올리면 나를 알아볼 수 있는 사람들이 있다. 시내에서 시위를 하다가도 종종 아는 얼굴을 마주친다. '지역'이란 모임에 나갈 때 걷거나 대중교통을 타고 갈 수 있을 만큼 협소한 범위라는 점이 답답하고 섬찟섬 찟 무서울 때가 있었다. '페미니스트, 성소수자'라고만 외쳐도 혀를 차는 이들이 있고 페미니즘 집회에서 남성 단체가 앰프를 동원해 혐오 표현을 발산해도 자연스러운 보수의 도시 대구에서 나의 신상이 어떻게 알려질지 짐작할 수 없었다.

그런 어려움에도 지역에서 활동을 하는 이유는, 어린보라 활동이 지금 여기에서 나의 삶과 세상을 바꾸는 일이기 때문이다. 나는 더욱 자유롭게 활동하고자 서울에 가려 했지만, 그러려면 한 줌의 한 줌인 나의 동료들과 헤어지고, 애정을 붙이기 시작한 나의 값싼 원룸을 떠나고, 지역의 여러 움직임과 멀어져야 한다. 좋아하는지도 모르게 눈에 익어 버린 동네 곳곳의 풍경들도 더는 볼 수 없게 되며, 거리 캠페인의 성과로 학교에서 동료를 만나는 반가움의 가능성도 없어진다.

나는 서울로, 수도권으로 '망명'을 가지 않고 대구에 남아 청소년 페미니즘 활동을 한다. 나는 계속해서 지금 여기의 여성 퀴어 청소년으로서 자유를 찾아 나설 것이고, 그와 함께 나와 내 친구들은 아마 영영 외모를 가지고 아파할 것 같다. "제일 외모 통증이 덜한 때는 언제야?"라는 나의 질문에 "아무 생각이 들지 않을때."라고 답한 친구가 기억난다. 그 친구를 잘 알기 때문에, 그의 사후 묘비에나마 '이제 외모에 관해 아무 생각을 하지 않는다.'라고 새길 수 있을 것 같다. 그럼에도 다들 지금 편안하길 바란다. 다들 자기 살을 잘 붙이고 덜렁덜렁 터덜터덜 삐질삐질 쿵쾅쿵쾅 다니길 바란다. 동네에서 뻥 뚫린 옷을 입고 거리를 활보하고, 간간이 외모 통증을 언어화하며 살아가길. 이상할 만큼 정말로 괜찮은 어떤 날에 우리는 모두 덩어리진 생명일 뿐이었으니까.

미디어중독자의 행복한 삶

＊김민주

    나는 미디어중독자다. 특히 대중음악을 좋아하며, 대중음악을 다루는 거의 모든 미디어에 중독되어 있다. 주로 쓰는 음원 사이트 '스포티파이'에서 작년 한 해 동안 총 청취 시간 4만 1000분을 넘겨 한국 유저 중 상위 2퍼센트에 들었다. 스마트폰으로 트위터와 인터넷을 들여다보는 게 일상이다. 2020년 한국인의 주 평균 스마트폰 이용 시간은 11.9시간이라는데, 내 휴대폰 스크린타임은 일일 평균 7~8시간을 오가고 있으니 참 미디어를 과하게 접하며 사는 것 같다.

    스크린타임 증가에는 덕질이 당연히 한몫했다. 내 최애 뮤지션은 에픽하이의 타블로다. 타블로는 2009년부터 운영 중인 트위터 계정으로 거의 모든 일정을 공지한다. 팬들과 대화를 주고받거나 때로 합성 사진을 올리며 장난치기도 한다. 중요한 일정은 인스타그램 계정으로도 공지하는데, 인스타그램은 예쁜 사진을 올리거나 라이브 방송을 열어 팬들과 소통하는 용도로 사용한다. 유튜브에는 뮤직비디오를 비롯해 공연 갈무리나 멤버들과 노는 영상 등 자컨(자체 제작 콘텐츠)을 올린다. 최근에는 신곡 홍보를 위해 틱톡 챌린지를 열기도 했다. 홍보 콘텐츠가 틱톡에 처음 올라온 날 나는 영하 10도의 날씨에 야외 승강장에서 손 어는 줄도 모르고 앱을 깔았다. 최애의 콘텐츠 확인은 단 1분도 늦출 수 없으니까.

미디어에 펀치라인 날리기

내가 에픽하이에 입덕한 것은 모바일 미디어를 통해서다. 8년 전 가지고 다니던 스마트폰에 에픽하이의 「춥다」(2012) 음원 파일이 있었는데, 그 곡의 가사 한 줄이 인상적이었다. "배를 띄워 다가오면 알겠지/ 내가 섬이 아닌 빙산인 걸." 이 가사에 꽂힌 나는 유튜브에서 타블로의 명가사를 모은 '타블로 펀치라인 모음' 영상을 찾아보며 가사 한마디 한마디에 감탄했고, 그렇게 덕후의 길에 들어섰다.

2021년 12월 TV 프로그램 '놀면 뭐하니?'의 특집 '도토리 페스티벌'에 싸이월드 BGM 인기가수로 출연한 에픽하이를 보고 나는 당황했다. 「플라이(Fly)」(2005) 시절 유치원생이었던 나에게 2000년대 에픽하이의 인기는 경험해 보지 않은 과거 이야기였다. 지금도 신곡을 내며 활발하게 활동하는 가수가 지나간 과거의 상징으로 호명되는 게 쓸쓸했다. 막상 방송은 아쉬운 마음이 사라질 정도로 재미있었다. 타블로와 유재석이 출연했던 'X맨을 찾아서'를 언급하고, 지금의 라이브 영상에 옛날 음악방송 자료 화면을 군데군데 끼워 넣은 편집은 향수를 자극한다는 기획을 기막히게 살렸다. 특히 "Today is 우울"을 걸어 놓고 빈방에 아바타를 쓸쓸히 놓아둔, 그 시절 에픽하이의 음악을 BGM으로 썼을 법한 어느 오글거리는 미니홈피가 알고 보니 타블로의 것이었음을 보여 준 연출이 압

권이었다.

에픽하이는 21세기 미디어 환경 변화를 온몸으로 통과해 온 사람들이다. 이들은 음악 안에서도 미디어 기술에 관한 관심과 견해를 꾸준히 드러냈다. 「혼자라도」(2004)에서 일상 대화에 굳이 "일촌 파도" 탄다는 말을 넣은 이들은 10년 뒤 '타임라인'을 부제로 달아 SNS 속 정치 극단주의 문제를 다룬 「레슨 5」(2014)를 만들었고, 「하이 테크놀로지(High Technology)」(2009)에서 P2P 음원파일 공유를 비판했으며 12년 뒤 "무의미해 내게 음원차트 성적은/ 뚫어 봐야 지붕 그 이상은 없거든"이라 말하는 신곡 「페이스 아이디(Face ID)」(2021)를 내놓았다. "어차피 다들 센 척하지/ 막상 대면하면 무장해제 페이스 아이디"라며 얼굴을 맞댄 소통을 진실되게 여긴 가사에서 볼 수 있듯 에픽하이에게 미디어는 거짓이 만연하고 혼란스러운 곳이다. 그러나 이들은 음악인으로 성공하기 위해 당대 그 어느 가수보다도 열심히 미디어에 얼굴을 비쳤다. 한 가지 진실은, 사랑과 오해를 동시에 받는 와중에도 이들은 끝끝내 길고 매력적인 음악 커리어를 만들어 냈다는 것이다. 이제는 그렇기 때문에 미디어에서 그들을 계속 찾는다는 걸 아마 본인들도 알고 있을 것이다.

최애가 준 희망

에픽하이에 막 입문한 중학교 3학년 시절 나는 타블로의 솔로 앨범 『열꽃』(2011)을 들으며 나도 모르던 내 감정을 언어로 표현한 가사가 내 이야기를 대신 해 준 것 같아서 좋아했다. "사람이 운다는 것은 참을수록 길게 내뱉게만 되는 그저 그런 숨 같은 일"(「집」)이라니, 이런 말을 해 준 사람은 타블로

33

가 처음이었다.

나는 그해 봄과 여름 온통 에픽하이에 빠져 지냈다. 『열꽃』 앨범을 내 이야기로 여길 만큼 안 좋은 일이 많았고, 우울했던 탓이다. 열 장 넘게 쌓인 다채로운 디스코그래피를 따라가다 보니 덕질할 맛이 났다. "알기도 전에 느낀 고독이란 단어의 뜻"(「백야」)을 풀다가도 "어두운 밤일수록 밝은 별은 더 빛나"(「플라이」)라며 희망을 외치고, "이 땅의 법이 출석부라면 나 결석하리"(「레슨 2」)라고 패기롭다가도 "그대는 내 머리 위의 우산"(「우산」)이라며 사랑에 쩔쩔매는 이 너른 감정선을 관통하는 아티스트의 캐릭터성에 빠져 있다 보면 시간이 금방 지나갔다.

전작 『99』(2012)가 혹평받으며 커리어의 기로에 서 있었던 에픽하이는 내가 입문한 해 가을에 발매된 정규 8집 『신발장』(2014)이 차트에서 줄 세우기를 하며 인기를 회복했다. "절망 과다 복용"(「부르즈 할리파」)의 시간을 견뎌 낸 뒤 자기 확신과 미래에 대한 희망을 강력히 외친 것이 『신발장』 앨범의 매력이다. 어떻게든 잘 살아 보겠다는 앨범 속 의지는 발매 당일 바로 현실이 되었고, 끝끝내 자기 삶을 원 궤도에 올려놓은 행보를 보며 나는 큰 용기를 얻었다. 이 앨범이 발매된 다음 달 나는 수록곡 「본 헤이터(Born Hater)」를 반복해 들으며 자신감을 채우고 고등학교 입시에 성공했다. 먼 곳에 있는 학교에 진학해 중학교 시절을 뒤로하고 새로 시작할 수 있게 되어서, 내 노력으로 행복한 삶을 만들어 갈 수 있다는 걸 입증한 듯해서 짜릿했다.

에픽하이는 동시대 청자에게 유의미한 아티스트가 되기 위해 치열하게 살았다. 이들은 그 뒤로도 꼭 내 삶이 바쁘게 돌아갈 때마다 앨범을 냈다. 9집 『위브 던 섬띵 원더풀(We've Done Something Wonderful)』(2017)은 수능을 한 달 앞두고 발매되었고, 10집의 첫 CD인 『에픽하이 이즈 히어(Epik High is Here) 상』(2021) 발매 시점에 평론가 데뷔 제안을 받았다. 이쯤 되면 내가 에픽하이에 너무 중독된 나머지 내 인생의 중요한 순간을 전부 이들과 연결하는 버릇이 든 것 같은데, 단순 중독자의 망상으로만 보기에는 군데군데 이들이 끼친 영향이 막대했다.

그렇게 평론가가 된다

『열꽃』을 문화 충격이자 해방구로 여겼던 나는 처음으로 앨범 감상문을 적어 블로그에 올렸다. 이 글을 매개로 해서 다른 블로거와 댓글을 주고받으며 깊은 대화를 나누기 시작했다. 대학에 들어가고 주변 환경이 통째로 바뀌며 의지할 곳이 없어진 나에게 블로그는 현실에 없는 행복이 존재하는 공간이었다. 그래서 대학 첫 해 나는 대학 생활보다 인터넷 생활을 열심히 했다.

인터넷에서 찾은 행복과 인간관계는 당시 내 일상을 지탱하는 버팀목이었다. 공부와 수업에는 집중할 수 없었지만 음악 듣고 글 쓰는 순간에는 몰입할 수 있었다. 그래서 강의실에서는 수업을 무시하고 휴대폰만 들여다봤고, 밤마다 고민이 가득할 때면 분풀이하듯 무언가를 적어 블로그에 올리고 나서야 잠들 수 있었다. 현실에서는 하지 못하는 말을 원 없이 적은 글에 '좋아요'와 댓글이 달리는 게 짜릿했다. 물론 그 대가로 깨져 버린 생활 패턴과 낮은 학점, 좁은 시야가 남았지만, 그때는 그 무엇이라도 나를 살게 해 준다면 상관없었다.

꾸준히 글을 쓰고 음악을 들으며 내 취향과 욕망을 정확히 바라보려고 오랫동안 애쓴 뒤 3학년쯤 되어서야 일상생활을 안정적으로 관리할 수 있게 되었다.

내 욕망 중 하나는 내가 좋아하는 음악과 뮤지션을 타인이 아닌 나의 시각으로 서술하고 싶다는 것이다. 에픽하이를 좋아하면서 한 아티스트로부터 얻었다고는 믿을 수 없을 정도로 지식을 쌓고, 같은 아티스트를 아끼는 동시에 다양한 취향을 가진 사람들을 관찰하게 되어서였다. 에픽하이의 명성과 이들을 향한 기대치를 형성하는 데에는 국내외 힙합, 가요, 아이돌까지 총 세 가지 관점의 대중음악 평론 및 팬층이 관여한다. 커뮤니티와 블로그, 트위터 등지에서 활동하는 유저들이 광범위한 맥락을 제시하고, 평론은 정제된 언어로 분석 틀을 제공하며 청자를 안내하는 식이다. 평론과 인터넷 커뮤니티의 잡담을 읽고 그 속에서 언급된 음악을 들으며, 나는 대중음악의 흐름 속에서 최애 아티스트가 어떻게 명성을 얻고 여러 기대치에 부응하며 커리어를 이어 왔는지 복합적으로 이해하게 되었다.

에픽하이가 힙합 신(scene)의 거물인 동시에 힙합 바깥의 논리로도 해석되는 아티스트라는 점 때문에 힙합 음악을 장르 평론과 조금 다른 논리로 다루고 싶다는 욕심도 생겼다. 한국 힙합을 다루는 힙합 평론 매체 《리드머》의 입장에 적극적으로 반기를 든 것도 그래서였다. 《리드머》에서 래퍼 김심야의 작업물을 한영 혼용, 즉 한국어와 영어를 섞어 쓴 가사 때문에 비판한 글이 힙합 커뮤니티 이용자들의 반감을 산 것을 보고, 나는 트위터에서 《리드머》의 논조에 비판적인 의견을 적다가 그 내용을 정리해 블로그에 올렸다.[1] 10년 전부터 이루어진 한영 혼용 비판은 일리네어 레코즈의 성공과 '쇼미더머니'의 흥행 등 여러 반례로 보아 신에 미친 영향력이 낮으며, 한국 힙합의 차별성은 언어 사용 바깥에서도 찾아낼 수 있으리라는 의견이었다. 블로그에서부터 친분을 쌓은 트위터 친구 A가 내 트윗을 공유한 계기로 《리드머》 필진에게 충실한 피드백을 받았고, 다른 평론가들로부터 웹진 《아이돌로지》와 비평 프로젝트 《알 수 없는 평론가들》[2]에 섭외되며 나는 대중음악 평론가 활동을 시작하게 되었다.

　최애를 둘러싼 여론 중 내가 동의하기 힘든 평 하나는 멜로디와 트랙(반주) 작곡, 팝과 힙합 장르를 모두 잘 만들며 랩 스킬에 트랙 해석력까지 뛰어난 만능 음악인 타블로가 주로 가사만 잘 쓰는 옛날 뮤지션으로 여겨지는 것이다. 에픽하이는 한국 매체에서 2000년대의 상징으로 출연하며 과거의 최고작으로 기억되지만, 한국 대중음악계 전반에 끼친 영향력 덕에 최근에는 영어권 외신이나 해외 케이팝 팬덤에게도 주목받으며 활동 영역을 치열하게 넓혀 가고 있다. 이러한 점을 알리고 싶어서 10집 발매를 앞두고 에픽하이의 해외 투어 활동을 꼼꼼히 기록한 글을 블로그에 올렸고,[3] 《아이돌로지》 합

1 「리드머가 보는 한국 힙합: 정확하지 않은 시선의 무효성」, 네이버 블로그 '가을하늘의 단비'(2020).

2 여러 비평가들이 여러 음악에 대한 다양한 글을 작성하는 음악 글쓰기 워크숍. 총 5회 모임을 통해 서로의 글을 함께 읽고 도움을 주고받으며 글을 완성한다. 나는 예미라는 이름으로 다음 글을 실었다. 「김도훈으로 보는 K-R&B의 시대」, 《알 수 없는 평론가들》 2호(2021).

3 「[아티스트] 에픽하이의 17년, 그리고 지금」, 네이버 블로그 '가을하늘의 단비'(2021).

류 후 첫 글로 에픽하이의 「로사리오(Rosario)」 단평을 적었다.[4]

평론가의 사회생활

1990년대에는 홍대 인디 씬을 발로 뛰거나[5] SNP[6] 정기 모임에 나가고 임원을 역임하는 등 대중음악 역사의 현장을 함께한 사람들이 평론가가 되곤 했다. 그런데 지금은 나처럼 현장을 찾아다니는 일과 전혀 무관한 미디어중독자도 평론가가 될 수 있다. 음악 및 평론의 유통 중심지가 인터넷으로 바뀌면서 일정 수준 이상의 글을 쓰기가 쉬워진 덕이다.

직업 자체가 몰입을 요구해서인지, 내가 교류해 본 대중음악 평론가 상당수는 사회 경험 있는 덕후에 가까웠다. 일반 리스너 시절 나는 평론가들이 음악에서 내가 절대 알아채지 못하는 측면을 포착해 언어로 표현할 줄 아니까 대단한 어른일 거라고 생각했는데 그 예상과는 정반대였다. SNS 계정에 영화, 드라마, 스포츠 이야기를 늘어놓고 디즈니플러스 한국 서비스가 오픈한 날 설왕설래를 벌이던 주변 평론가들을 보며 잡덕(잡다하게 여러 분야에 관심을 두는 덕후)이라는 말이 절로 떠올랐다. 선배 덕후와의 대화가 나에게 평론가 내공을 쌓아주었다. 웹진과 프로젝트에 합류하며 일반 독자 시절에는 상상할 수 없었던 깊은 이야기를 동료 평론가들과 나누고, 동료

---

4   [Monthly] 2021년 1월: 싱글, 《아이돌로지》(2021).

5   양소하, 「무너지는 아카이브: 지극히 개인적인 비평」, 《온음》(2021) 참고.

6   1999년 PC통신 서비스 나우누리에 설립된 흑인음악 동호회. 매월 정기 모임에서 창작 공연을 열며 버벌진트, 데프콘, 피타입, 휘성 등 힙합과 R&B 뮤지션 다수를 배출하고 랩 방법론 연구에 큰 영향을 끼쳤다.

의 시야를 참고하며 식견을 넓혔다. 웹진에 정기적으로 단평을 쓰며 그달 공개된 뮤직비디오를 필진들과 단체 감상하고, 같은 프로젝트에 참여한 동료들이 다루는 음악을 들으며 지식이 늘어났다. 정식 평론 활동을 시작하기 전 예술이나 비평에 대해 딱히 공부해 본 적이 없던 나에게 교류의 기회가 초기부터 주어진 건 큰 행운이었다.

그냥 네티즌이던 시절에는 논쟁에 가볍게 임할 수 있었지만, 평론 활동을 시작한 뒤로는 전처럼 공격적으로 행동하다가 자칫 잘못하면 동료가 곤란해질 수도 있다는 것을 경험을 통해 알게 되었다. 간신히 얻은 평론가로의 행복을 스스로 반납하지 않으려면 책임지지 못할 말은 자제해야 했다. SNS가 사회생활의 장이 되면서 표현의 자유가 줄어든 게 아쉽기도 하지만, 더 큰 행복을 얻었으니 감당할 만하다.

"고마운 덕질"

건강과 거리가 멀어 보이는 미디어중독 덕분에 상상 이상의 행복을 얻었다는 사실이 신기하다. 미디어중독자 덕후는 넓고 원만한 인간관계를 가지고 있는 인싸('인사이더'의 약자로, 오프라인의 여러 조직에 속해 적극적으로 사회생활을 해 나가는 사람)의 반대항에 있다. 오프라인에서 겪는 여러 불화와 폭력, 고통은 미디어중독을 이끄는 강한 동인이고, 나 역시 그렇게 중독자가 되었다. 이때 덕질은 불행에 빠진 이들이 그저 머무르기만 하는 곳일 뿐 오프라인 세계의 불행을 없애지는 못하는 것으로 상정된다. 그러나 중독자로 살아오며 상상 밖의 방식으로 행복해져 보니, 인생은 그렇게 함부로 속단할 수 있는 게 아닌 것 같다.

8년 전 나는 친구가 없어서 고민하던 중학생이었는데, 어느새 평론가 데뷔를 하고 대학 졸업을 앞두고 있다. 이제는 어떻게 평론을 즐겁게 할 수 있을지, 어떻게 직업을 갖고 사회인으로 잘 살아갈 수 있을지를 고민하고 있다. 물론 어떻게 스크린타임과 구독 서비스 이용을 줄이고 목, 손목 건강과 청력을 보호할 수 있을지도 고민하면서 정작 미디어 소비를 줄이지는 못하고 있지만, 미디어에 중독되면 미래가 어두워질 거라던 엄포에 비하면 꽤 괜찮은 삶을 살고 있다. 사회 일반은 물론 중독자 자신도 미디어중독은 행복과 먼 일이라고 생각하지만, 우리는 우리가 모르는 방식의 행복을 존재하지 않는 것으로 취급해 온 것 같다. 어떻게든 살아간다면 행복은 있다.

익명을 설득하는 학생 자치

* 김종은

포항공과대학교(이하 포스텍)는 과학기술 연구와 교육에 특화된 대학으로 재학생 규모와 성비 구성 면에서 종합 대학과 차이가 크다. 한 해 입학생이 300명 남짓이라 전체 학부생 수가 종합대의 한 해 입학생 수만큼도 안 될 정도로 적은데, 여학생 비율은 전체의 5분의 1에 불과해 한두 해만 다녀도 누가 누구인지 바로 알 수 있을 정도다. 해가 지날수록 여학생 비율이 개선되고 있기는 하나 절반을 차지하기란 요원하다.

적은 여학생 수에 더해 학생 자치에 대한 관심도 미미하기에 학내 구성원 중에서도 포스텍에 총여학생회가 남아 있다는 사실을 아는 이는 많지 않다. 코로나 팬데믹 직전에 학교에 입학했던 나 또한 입학 후 1년이 지나도록 총여학생회의 존재를 몰랐다. 친구의 권유로 들어간 총여학생회는 학생들의 무관심 속에서 간신히 명맥을 이어 가는 중이었다. 내가 총여학생회장이 된 과정도 대단하지 않다. 비장한 각오나 결의 따위는 없었고, 그저 할 사람이 없다니 해야겠다 싶었다.

총여학생회장으로 활동한 2021년은 팬데믹이 발발한 지 2

년째 되는 해였다. 비대면 상황에서 활동을 중단했던 많은 학생 단체가 운영을 재개한 때이기도 하다. 나는 일단 단체장이라는 직함을 달았으니 총여학생회가 실질적인 단체로 기능할 수 있도록 비대면이라는 특성을 최대한 활용해야겠다고 생각했다. 웹사이트 '소라넷' 폐지 운동을 주도한 하예나 활동가 초청 강연을 개최하려 한 것은 이러한 계획의 일환이었다.[1] 온라인 강연 진행이 보편화되면서 그간 교통비와 숙박비 등 비용 문제로 섭외하기 어려웠던 외부 연사를 초청해 행사를 마련하기가 한결 수월해졌기 때문이다.

존재 증명을 요구받는 오늘날의 총여학생회

1980년대에 주로 생겨난 전국 대학의 총여학생회는 대학의 남성 중심 문화에 반대하며 대학 내 반성폭력 운동의 거점이 되었다. 이후 학생 운동의 열기가 사그라들고 총학생회를 중심으로 한 학생 자치가 정치와 거리를 두면서 총여학생회의 의의는 여학생을 위한 복지 단체로 변모했다. 여학생을 위한 정치 의제하에 결집하기보다 학생들을 위한 일종의 민원 창구로 행사 준비, 운영 등 좁은 의미의 복지를 맡게 된 것이다. 학생 자치의 의미 전반이 변화한 흐름 속에서 이는 당연한 수순이었다.[2]

---

1 소라넷은 불법 촬영물 공유와 강간 모의 등이 이뤄지던 성 착취 사이트다. 하예나 활동가는 디지털 성범죄 근절에 앞장선 공로를 인정받아 2018년 BBC 선정 올해의 여성 100인에 이름을 올렸고, 보신각 제야의 종 타종자로 선정되기도 했다.

2 원혜빈, 「1980년대 '여학생'의 문화정치」, 《여성문학연구》 제48호(한국여성문학학회, 2019).

등록금, 진로, 주거 빈곤, 취업 등 대학생이 맞닥뜨리는 문제가 개인의 능력에 따른 문제로 치부되고 있고, 학생 자치 단체들은 정치 의제로 뭉칠 동력을 잃었다. 그러나 문제를 외면하고만 있어서야 상황은 악화하기만 할 뿐이다. 누군가 학생의 권익을 대변해 줄 때까지 기다릴 것이 아니라 스스로 권리를 주장하고, 정치 제도와 과정에 목소리를 내야만 한다. 이러한 일반 시민의 정치 참여는 민주주의의 기반이다.[3]

자치의 기본은 대표를 뽑고 중립적인 공론의 장을 마련하는 것이다. 집단의 문제를 해결하고 상황을 개선하려면 대표라는 존재가 반드시 있어야 한다. 대표자 없는 집단의 의견은 좋게 말하자면 대중의 의견, 나쁘게 보면 익명의 불평불만 정도로 치부될 뿐이며 무게를 갖기 어렵다. 공론의 장은 참여자들이 문제에 대한 배경지식을 갖춘 상태에서 찬성과 반대 측의 의견을 모두 들어본 후 비로소 결정을 내리는 공간이라는 점에서 문제 해결을 위한 기초를 이룬다.

대학 생활이 스펙 쌓기의 장으로 통하는 오늘날 이러한 학생 자치 활동은 스펙이 되기 어렵다는 바로 그 이유로 쉽게 외면받는다. 많은 학생이 학생 자치라는 단어에 긍정적이지만 추가로 노력을 들여야 하는 활동은 시간 낭비로 여긴다. 최근에는 대학 내 많은 학생 단체들이 보궐 선거를 반복하고 있고, 어쩌다 선거가 진행되더라도 단일 후보인 경우가 잦다. 대표도, 공론의 장도 존재하지 않는 지금의 대학에서 당사자가 목소리를 내기 어려운 것은 당연해 보인다.

---

3 김주형, 「시민정치와 민주주의」, 《한국정치학회보》 제50집 제5호(한국정치학회, 2016).

한편 이때까지 존립해 온 총여학생회는 '페미니즘 리부트' 이후 그 어떤 단체보다 빠르게 다시금 정치의 장에 들어서야 하는 과제에 맞부딪쳤다. 페미니즘에 대한 격렬한 반발과 함께 여성 차별 자체가 존재하지 않는다고 주장하는 사람들에게 총여학생회는 대학에 실존하는 여성 차별과 이를 해결하기 위한 단체의 필요성 양자를 증명해야 한다. 페미니즘을 언급하지 않고 여성 차별을 논하는 것이 불가능한 와중에, 페미니즘이 정치 의제와 결합함에 따라 총여학생회는 정치 조직으로서의 행보 하나하나를 검열받고 있다.

익명으로 가해진 공격

총여학생회의 온라인 강연 주제를 여성주의로 정한 후 반성폭력 활동가를 섭외하려던 우리의 활동은 처음 예상과 달리 '포스텍 페미니즘 강연 취소 사태'에 이르렀다.[4] 사건의 발단은 대학생 익명 커뮤니티 중 가장 영향력이 큰 '에브리타임'의 한 게시글이었다.

강연 프로그램을 학부생 대상 전체 메일로 홍보한 직후 한 에브리타임 이용자는 강연자가 페미니스트이며, 강연 주제가 페미니즘과 연관되어 있다고 문제 삼는 게시글을 올렸다. 또 다른 이용자는 강연자가 SNS에서 '한남(한국 남자)'이라는 용어를 쓰는 혐오 발언자라고 지적했다. 최초 게시글은 금세 삭제되었으나 한번 들끓은 반대 여론은 총여학생회 구성원 '신상 털기'로까지 이어졌다. 당시 나는 에브리타임을 모

---

4   최민지, 「포항공대에서도 '반페미니즘' 극성」, 《경향신문》, 2021년 4월 28일.

니터링하지 않았기에 친구들의 연락을 받고서야 간신히 상황을 파악할 수 있었다. 먼저 소식을 접한 총여학생회 구성원 중 몇 명에게 잔뜩 겁에 질린 메시지가 왔다. 교내 온라인 게시판에서도 강연자의 발언이 도마 위에 오르며 강연 철회를 요구하는 학내 여론은 계속 커졌다.

오늘날 대학 사회에서 페미니즘이란 주홍 글씨다. 페미니스트라는 단어를 조롱처럼 사용하기도 하고, 여성에 대한 차별을 말하기에 앞서 '페미니스트는 아니지만'으로 운을 띄워야만 할 때도 있다. 페미니스트를 색출하려는 익명 커뮤니티 이용자들은 총여학생회 구성원 명단을 확인하는 방법을 공유하며 총여학생회 구성원들을 인간관계에서 '거르자'고 선동했다. 명단을 확인하니 아는 사람이 있다며 그런 애가 '페미니즘 하는 줄 몰랐다'는 반응도 많았다.

포스텍 총여학생회 자치 규칙 1장 3조에 따르면 총여학생회는 "여학생들의 소통 창구"일 뿐 아니라 "이공계 사회에서 성평등을 기반한 제반 환경의 조성"을 목적으로 한다. 단체의 목적에 성평등이 명시되어 있음에도 페미니즘에 대해 말하는 순간 총여학생회는 여성 우월주의 단체로 낙인찍힌다. 더욱이 전교생이 2000여 명에 불과하고 한 학과의 한 학년이 평균 30명인 학교에서 학생회 구성원들은 익명 사이에 숨을 수도 없었다.

학생회는 반대 여론의 주장대로 강연을 철회하자는 쪽과 익명으로 발화된 이야기에 반응하지 말자는 쪽으로 갈렸다. 익명 커뮤니티의 신상 털기와 직간접적인 인신공격으로 인해 얼마 없는 인원마저 탈퇴하고 남은 사람은 다섯 명. 우리는 강연을 곧바로 철회하기보다 학생들을 설득해 보자고 뜻을 모왔다.

익명을 벗어나 이야기하자

포스텍 총여학생회의 남은 구성원이 강연을 철회하지 않으려 했던 이유는 크게 세 가지다. 첫째, 총여학생회에서는 회칙에 따라 적절한 절차를 거쳐 강연을 기획했다.[5] 이는 예산안과 회의록을 통해 기록으로 남아 있다. 어떤 행사를 진행하든 반대 여론은 존재할 수밖에 없으며, 이는 행사를 취소할 이유가 되지 못한다. 둘째, 강연자의 발언을 혐오 표현이라고 정의하기에 근거가 부족하다고 보았다. 그럼에도 반대 여론이 우려하는 남성의 대상화를 방치하고자 강연자에게 강연 내용 및 방향에 대한 가이드라인을 제시하기도 했다. 셋째, '여성운동과 디지털 성폭력'이라는 강연 주제의 공공성과 강연자의 전문성이 학생 전체에게 이익이 된다고 판단했다.

페미니즘 리부트 이후 여러 여성 단체가 경험했듯이 지금의 대학 총여학생회 역시 여성 단체의 존재 의의를 증명하라는 백래시에 부딪치고 있다. 이러한 백래시는 다수가 익명의 의견들로부터 비롯되었다. 2022년 제20대 대통령 선거를 전후해 언론과 정치권에서는 익명 커뮤니티의 주장을 그

---

5   포스텍 총여학생회는 총학생회 산하 자치 기구로 총학생회비를 운용해 행사와 사업을 집행할 수 있다. 이때 집행에 필요한 금액은 매 분기 예결산을 작성해 총학생회 의결 기구인 여학생운영위원회에서 일차로 심의를 진행하고, 각 자치 기구, 전문 기구장들이 참석해 의결권을 갖는 중앙운영위원회와 자치 기구, 학과 학생회장들이 참석해 의결권을 갖는 전체학생대의원회의에서 심의를 통과해야 한다. 이처럼 하나의 행사를 진행하기 위해서는 최소 3개 의결 기구를 거쳐야 하며, 다른 총여학생회의 상황도 크게 다르지 않다.

대로 수용하며 재확산시키는 역할을 했다. 대학 사회는 이와 유사한 형태로 에브리타임이나 'ㅇㅇ대 대신 전해드립니다', 'ㅇㅇ대 대나무숲' 등 온라인상에서 익명으로 제기된 주장들을 수면 위로 끌어오고 있다. 익명성이 곧 공정하고 자유로운 의견 표명을 담보한다는 믿음에 근거한 행위다. 그러나 익명의 채널이 중립적인 공론의 장 역할을 수행할 수 있을까? 대학 페미니스트 공동체 유니브페미는 2020년 상반기 동안 약 25개 대학에서 에브리타임 내 혐오 표현을 수집해 발표했다.[6] 대학 여론을 전한다는 익명 채널들은 중립의 장을 표명하면서도 페미니스트, 비건, 성소수자, 캣맘 등을 향한 무차별적 비난과 조롱을 잇는 등 온라인 남초 커뮤니티의 문화를 답습하며, 게재된 의견에 대한 동조가 편파적으로 일어난다.

학생들은 무엇을 공론의 장에 올려야 할지도 명확히 정하지 못하고 있다. 탈정치화, 반정치화한 학생 단체와 우경화하고 있는 대학 사회가 페미니즘을 공공의 악으로 지정한 것은 당연한 귀결일지도 모른다. 코로나 팬데믹으로 오프라인 교류가 줄어든 대학에서 여러 대학의 총여학생회나 성평등위원회가 익명 커뮤니티에서 제기된 문제들로 인해 제대로 된 소명 한번 없이 폐지되었다.

이런 상황에서 여성주의 강연회 반대 여론과 마주한 우리는 정당한 절차에 따라 문제를 풀어 가고 싶었다. 포스텍 비상대책위원회에 해당 강연에 대한 논의 안건이 상정되자 비상대책위원회는 총학생회원들의 요구를 들어주는 것이 맞다는 태도를 취했다. 총학생회원들의 요구라고 지칭되기는 했으나

---

6   유니브페미, 「캠퍼스 혐오 표현 새로고침 가이드」(2020).

사실상 익명 커뮤니티의 주장을 그대로 따르는 것에 가까웠다. 이에 우리는 실명으로 운영되는 카카오톡 오픈 채팅방에서 학생들의 질문에 성실하게 응답하는 공론의 장을 마련하겠다고 답했다. 학내 의견을 확인하는 동시에 익명의 외부자가 난입하는 상황을 방지하기 위한 조치였다. 익명 커뮤니티가 끓어오른 데 반해 실제로 오픈 채팅방에 들어온 사람은 서른 명이 채 되지 않았고, 그중에서도 적극적으로 의견을 개진한 참여자는 열 명 내외였다. 논의는 5일에 걸쳐 밤낮으로 진행되었다. 총여학생회는 낮에 수업을 듣고 과제를 하다가 자정쯤이면 화상 회의로 모여 해가 뜨기 전까지 오픈 채팅에 올라온 질문들에 답변을 작성했다.

총여학생회 구성원과 오픈 채팅방 인원에게 남은 마지막 문제는 혐오 표현을 어떻게 정의할 것인가였다. 남성이 소수자 집단이 해당하는지, 남성을 향한 미러링으로 나온 '한남' 혐오 표현에 해당하는지에 대한 견해차를 좁히지 못한 채 논의가 마무리되었다. 구성원들은 혐오 표현을 주제로 한 논문과 전문 서적을 인용하고 국가인권위원회의 정의를 제시하기도 했지만, 전문가의 의견 또한 개인의 의견일 뿐이며 수용할 수 없다는 말 앞에 맥없이 무너질 수밖에 없었다. 이후 전체학생대의원회의를 통한 최종 결정을 앞두고 만여 개에 달하는 활동가의 트윗 하나하나에 대한 문제 제기가 반복되면서 결국 포스텍 총여학생회는 하예나 활동가의 강연 진행을 철회했다.

같은 해에 중앙대학교 성평등위원회가 폐지된 일, 바로 다음 해인 2022년에 제주대학교 총여학생회가 폐지된 일은 익명 여론을 현실로 끌어온 또 다른 사례다. 포스텍 총여학생회의 강연 폐지가 어떤 형태로든 절차를 따랐다면, 이 사례들은 폭력적인 공세 속에 일방적으로 통보된 일이라는 점에서 몹시 악질적이다. 중앙대학교와 제주대학교 총학생회에서는 억지로 폐지 절차를 진행하면서 엄연히 존재하는 학칙마저 위반하고, 공론의 장을 아예 마련하지 않거나 기껏 마련한 자리에서는 당사자의 목소리를 묵살했다. 페미니즘이라는 단어에 대해 가진 반사적인 거부감을 행동으로 옮긴 것이다.

총여학생회가 정치의 장으로 들어서자 대학 사회는 신성한 학업의 장에 감히 정치적인 의견을 끌어들였다는 데 놀라 눈앞에 보이는 페미니즘을 집어 없애기에 급급했다. 그러나 학생 자치의 뜻을 바로 세우기 위한 첫걸음으로 학생들이 새롭게 답하고 고민해야 할 질문은 대학에 왜 페미니즘과 같은 정치적 이슈가 필요한지, 왜 학생 간에 서로 갈등하고 대립해야만 하는지다. 이 질문에 답하려면 익명의 그림자에서 나와야 한다.

그림자 바깥에 서 있기

포스텍 총여학생회는 하예나 활동가의 강연 철회 이후에도 계속해서 활동을 이어 갔다. 아마 총여학생회가 구성된 이래로 가장 많은 활동을 해온 해가 아니었을까 한다. '추적단 불꽃'을 초청해 디지털 성폭력을 주제로 강연을 열었고, 월경 박람회, 자궁경부암 백신 접종비 지원 사업, 페미니즘 스터디 등을 진행했다. 강연 폐지 무렵 포스텍 여동문회와 만난 일을 계기로 여성 동문 강연회를 열었고, 2021년 하반기에 제작해 배포한 페미니즘 독서 트리가 온라인에서 인기를 끌며 이듬해 독립 영화관 인디플러스 포항과 공동 여성영화 기획전을 주최하기도 했다.

몇 명 되지도 않는 총여학생회 구성원들과 함께 바쁜 일정을 쪼개 가며 사업과 행사를 꾸린 동력은 대체로 책임감이었다. 포스텍 총여학생회장으로서 포스텍 여학생을 대표하는 자리에 있다는 책임감이자 강연 취소 사태를 통해 전국의 페미니스트들에게 알린 포스텍 총여학생회의 이름이 지우는 책임감이기도 했다. 전국의 총여학생회가 하나둘씩 사라지고 있는 와중에도 건재하게 활동 중인 총여학생회를 보여 주고 싶었고, 결국 학교라는 사회에서 부대끼고 살아가야 할 익명들에게 페미니즘을 조금이라도 알리고 싶었다. 나와 다른 의견을 가진 사람들에 대해 체념하기보다는 그들을 설득하는 것. 많은 페미니스트가 탈력감을 토로하는 일이지만 학생 대표라면 포기할 수 없는 민주주의의 가치라고 생각했다.

누군가는 나에게 그렇게 열심히 해서 무엇인가 변했는지 묻는다. 당연히 많은 것이 변했다. 행동은 어떤 형태로든 결과가 되어 돌아왔다. 얼렁뚱땅 넘어갈 수 있는 일이라도 절차를 거쳐 수행하고, 작은 것이라도 허투루 넘기지 않고 완성도 있는 결과물을 만들어 냈다는 점이 이후의 나를 정의하는 토대가 되었다. 끔찍하게 바빠서, 혹은 무서워서 그만두고 싶은 순간도 있었지만 포기하지 않았다는 점이 자부심이자 자신감으로 남았다.

나는 아무것도 하지 않으면 아무것도 바뀌지 않는다는 기조하에 활동을 시작했다. 그렇게 페미니즘에 대해 더 많은 사람과 이야기할 기회를 얻었고, 포스텍 총여학생회의 존재를 한때나마 한국 페미니스트들에게 각인시켰다. 학생 자치의 의미가 퇴색되고 침체한 가운데, 우리의 목소리를 전하기 위해서는 눈물 흘리기보다 행동해야 한다. 이것이 내가 여전히 총여학생회에 남아 있는 이유다.

K 카다시안의 고백

* 김혜림

코로나19가 모든 만남을 투명한 아크릴 장벽으로 가로막을 때쯤 K는 졸업했다. K는 학교에서 영화에 말을 얹는 방법을 배웠다. 어느 하나로 수렴되지 않는 커리큘럼에는 철학과 영화사, 미술사와 비평 방법론이 어지럽게 섞여 있었다. K는 자신이 쓴 레포트를 읽으며 굳게 믿었다. '나는 비평하고 있다!'

현실은 조금 달랐다. 2020년의 영화 비평계는 비평계라는 단어 위에 자리 잡을 수 없는 이들이 다양한 방법을 찾아나서고 있었다. 그들은 등단, 소셜 미디어, 독립 잡지 등을 통해 자신의 이름을 알렸다. K 역시 졸업과 동시에 수많은 갈래로 나뉜 길 앞에 선 '자리 없는 비평가'였다. 문득 K는 이렇게나 많은 글을 썼는데도 앞으로는 비평을 하지 못할 수 있겠다고 생각했다.

2019년 출범한 영상비평신문 《마테리알》은 기존 제도의 틈바귀에 자리를 잡으려는 K에게 새로운 선택지를 주는 레퍼런스였다. 《마테리알》은 단단히 조직된 듯한 비평계에 '스루

패스'를 보내며 새로운 비평적 공간을 창출하겠다고 선언했다. K에게 스루패스라는 어려운 개념은 잘 와닿지 않았지만, 확실한 것은 그들이 비평계 위에 설 수 없다는 명제를 넘어서려 했다는 점이었다. 기존 제도에 좌표를 찍지 못한 이들도, 새로운 차원 하나를 더할 수 있다는 외침은 K에게 희망을 심어 줬다. '어쩌면 나도……!'

시작은 메일링 서비스

2020년 4월, K의 새로운 비평 공간 만들기 프로젝트 노마드는 메일링 서비스로 첫발을 떼었다. 4월 첫 주의 첫 글은 회기역 근처의 한 PC방에서 전송되었다. K는 푹 꺼지는 의자에 앉자마자 다섯 시간을 충전해 두고, 체험판 포토샵을 깔았다. 안절부절 땀을 흘리며 메일을 보냈다. 첫 주에 보낸 비평은 옴니버스 형태의 서부극인 코엔 형제의 영화 「카우보이의 노래」를 다룬 글이었다.

노마드는 각 주의 주제들을 튼튼한 연결고리로 붙여 놓지 않는다. 다시 말해 각각의 단상들을 단단하게 붙여 버려 무언가를 수동적으로 읽고 따라가도록 하는 것이 아니다. 틈을 충분히 열어 두고, 그 틈을 매개로 독자, 즉 동료와 글, 그리고 생산자가 교통하는 것을 지향한다. 그리고 그 교통의 과정에서 사유의 통로를 발견하고 넓혀 가는 것을 목표로 한다. 영화에게는 낯선 옴니버스 방식을 취하는 「카우보이의 노래」를 첫 대상으로 삼은 것은 이 영화가 거시적으로 택하고 있는 구조가 노마드의 지향과 얼마간 닮아 있기 때문이다.

노마드가 메일링 서비스를 택한 이유는 간단했다. K는 한 달에 제공되는 글 네 편을 1000원에 팔았는데, 이 거래 덕분에 K는 좋든 싫든 글을 써야 했다. 조금이나마 돈을 벌 수 있었기 때문에, 어쩌면 비평을 지속할 수 있다는 기대를 품기도 했다. 또 하나의 이유는 우편이라는 교환 행위 자체였다. 보내는 이와 받는 이가 서로를 인식하지 않으면 메일링은 불가능하다. K에게 노마드의 이름과 메일 주소를 교환하는 행위는 서버와 리시버가 서로의 존재와 정체성을 인식하는 일이었다. 당시 K는 숨은 참조 거는 법을 몰랐다. 첫 주 발송 때 모두의 이메일 주소를 공개해 버렸으니, 아마 리시버들도 서로의 존재를 인식할 수 있었을 테다. 기존의 비평 제도권이 개인을 공동체에 소속시킨다는 명제에서 출발하는 것과 달리, 제도권 바깥의 '노마드'들은 잠시 만났다 헤어져야만 했다. 각자가 자신의 트레일러를 같은 주차장에 주차하듯 말이다.

바퀴 달린 트레일러는 "전통적인 형태의 '벽과 기둥으로 된' 집을 포기함으로써 집세와 주택 융자금의 족쇄"[1]를 부술 수 있는 대안적 장소다. 이 대안 공간은 타인의 사적 소유물인 주차장에 세워질 수밖에 없다. 그래서 노마드들이 머무는 트레일러를 "기생 식물처럼 뿌리가 없는"[2] 존재라고 표현하기도 한다. 그런데 모든 식물은 뿌리 없이 흩날리는 수술과 암술에서 시작하지 않나?

이곳에서 저곳을 오가는 트레일러는 우연한 만남을 가능케 하고, 그로부터 희망을 찾도록 한다. 트레일러라는 각자의

1   제시카 브루더, 서제인 옮김, 『노마드랜드』(엘리, 2021), 25쪽.
2   위의 책, 332쪽.

세계가, 주차장이라는 태생부터 임시적인 공간 위에 잠시 놓일 때 만남이 시작된다. 비평계에는 벽과 기둥으로 된 공간은 적었으므로, 몇몇 비평가들은 트레일러에서 시작할 수밖에 없었다. K도 그중 하나였다.

얼마 지나지 않아 K는 노마드를 플랫폼으로 확장했다. K에게는 혼자 머물 수 있는 트레일러, 그리고 자신의 트레일러를 소개할 수 있는 주차장이 필요했다. 그 자리에서 비평을 매개로 사람들과 만나고 싶었고, 영화를 이야기하고 싶었다. 독방에 갇힌 채 아무도 듣지 않는 말을 읊조리고 싶지는 않았다. K는 킴 카다시안을 떠올렸다. 사교계의 네트워킹만으로도 자기 자신을 정의하는 킴 카다시안. 플랫폼 운영자라는 정체성은 사실 어떤 행위도 담보하고 있지 않다는 점에서 사업가도 비평가도 아니지만, 실은 원한다면 언제나 연단 위에 올라서서 말할 수 있지 않나?

플랫폼을 운영하면서 오히려 K는 용기 있는 노마드들을 만날 수 있었다. '작가'나 '비평가'라는 명사를 붙이지 않고 자기 자신을 '글 쓰는' 사람이라고 동사로 정의하는 이들을 만났다. 이 비좁은 주차장에서, 매일 영역 다툼을 벌여야 하는 낭떠러지 위에서는 외로울 수밖에 없다고 믿었던 과거를 벗어나 우연한 사람들의 이름을 마주했다. 그제야 K는 연금처럼 넣었던 비평상 공모를 그만두었다. 노마드에 쓰고 싶은 글들을 써내기 시작했다.

기획 없는 기획의 장

플랫폼은 교환의 장소다. 소셜 미디어의 피드에서는 보이지 않는 노동이 교환되고, 그를 적극적으로 매개하는 기업은 부산물을 얻는다. 소셜 미디어가 잉여가치를 얻기 위해 생산해야 하는 것에는 '누구든, 무엇을 말할 수 있다'는 종류의 환상이 있다. 플랫폼이라는 문턱을 딛고 일어선 나의 말이 다른 누군가에게 가닿을 수 있다는 환상이 없다면 무급 노동[3]을 교환하는 악랄한 공간은 유지될 수 없다.

K가 기획한 플랫폼 노마드는 누구나 비평을 쓰고 '공유'할 수 있다는 가치를 흐릿한 미션으로 잡았다. 누구나 글을 쓰고 보낼 수 있다는 생산 행위가 아닌 다른 이들과 공유할 수 있다는 교환 행위가 셀링 포인트였다. 비평가 윤아랑이 말한 것처럼 이런 종류의 환상은 건방진 것일지도 모른다. "'누구든 ~을 할 수 있다'는 말은 콘텐츠의 생산과 유통이 고도로 대중화되는 흐름을 지시하는 말이지만, 그 안에는 목적어의 자리에 들어갈 것이 여전히 특권적인 의미를 갖고 있다는 의식이 숨어 있다. 그 누구도 '누구든 숨을 쉴 수 있다'고 굳이 말하지 않는 것처럼 말이다."[4]

비평 플랫폼은 그러한 특권 의식에서 자유로울 수 없었지만, K는 정해진 자리 없이 비평계라는 무중력을 떠다닌 자신의 과거를 떠올렸다. 등단 제도를 거치지 않고도, 어느 학교에 속하지 않고도 비평을 나눌 수 있기를 바랐다. 중력에 속하지 못한 이들도 그 특권과 같은 중력을 잠시라도 움켜쥘 수 있길.

---

3   이탈리아의 이론가 티지아나 테라노바는 디지털 플랫폼의 경제가 무급 노동을 통해 작동한다고 주장한다. Tiziana Terranova, "Free Labor: Producing Culture for the Digital Economy," Social Text 63 Vol.18 no.2(2000), pp. 33~58.

4   윤아랑, 「네임드 유저의 수기」, 《한편》 2호 '인플루언서'(민음사, 2020), 49~52쪽.

비평가 정경담은 "위디스크의 해적"을 호명했다. 저작권법 바깥에서 괴상한 제목이 붙은 영화를 업로드 하는 이들. 그들의 웹하드 페이지는 우연한 이미지와의 만남과 취향의 무한 확장을 가능하게 했다. 그들이 공유하는 대안적 리스트에는 '감독전'이라느니 '배우전'이라느니 하는 전통과 권위가 조직하는 기획이 없었다. 그들은 "규정될 필요가 없었기 때문에, 확장되고 변형되는 와중에도 그 확장과 변형의 사실을 굳이 상기시키면서 계보를 만들지 않아도"[5] 되었다.

노마드에 모인 이들 또한 기획 없는 기획과 규정 없는 규정 아래에서 글들을 생산했다. 허물없는 만남이 불가능해진 2020년 이후 비평계의 지속에 필요한 것은 부재의 형태로 존재를 입증하는 부정신학이었다. 미션을 정의하지 않고, 또 정의할 수 없다는 것. 그렇다면 플랫폼이라는 미션 없는 공간에 모인 이들 역시 규정 없는 만남을 원했을 터였다. 무엇을 말해야 한다거나 누구만 말할 수 있다는 종류의 가이드라인은 없었다. 모두가 모든 것을 말할 수 있어야 한다는 가치만이 선명했다.

플랫폼이 터질 때

어느새 플랫폼에 올라온 글이 100여 개가 넘어갔다. 노마드의 운영진으로 직접 합류한 이도 20명을 넘었다. 주차장이 가득 찰수록 플랫폼 내부의 압박이 가중되었다. 1년도 채 지나기 전인데 균열이 보이기 시작했다. 누구나 무엇을 말할 수 있다는 가치 뒤편에는 표현해서는 안 될 욕망들이 가득했다.

---

5   정경담, 「해적을 위한 변명: 위디스크와 '리스트'」, 《마테리알》 4호(2021).

파트타임으로 일하던 K가 노마드 밖에서 '크리틱 레터'를 보낸 지 두 달이 지난 시점이었다. 플랫폼을 함께 운영하던 이들이 서서히 불만을 표했다. 크리틱 레터가 라디오로 확장한다는 소식을 듣고 24명의 노마드 운영자 중 과반이 K의 비겁함과 크레딧에 대한 욕망을 노골적으로 비난했다. 노마드에만 집중하지 않으면 이 아슬아슬한 플랫폼은 쓰러질 것이 확실한데, K가 자신의 이력 한 줄을 위해 다른 프로젝트에까지 손을 대고 있다는 지적질이었다. 그들은 K가 노마드 플랫폼 내부에서만 활동하길 원했다.

K는 약간은, 억울했다. 24명의 운영자 대부분은 각자의 트레일러 안에서 각자의 프로젝트를 벌리고 있었기 때문이다. 누군가는 번역을 의뢰받았고, 누군가는 진보 논객과 MZ세대의 에어팟을 논했다. 또 한 명은 자신의 철학을 가사로 쓰며 사운드클라우드를 가득 채우고 있었다. 그러나 K는 태생부터 그들과 달랐다. 비평계를 살리고자, 이 시대의 교양을 지키고자 순교자처럼 비평하는 24명의 운영자와는 달리, K의 플랫폼 운영은 킴 카다시안의 욕망에서 출발했기 때문이다! 욕을 먹기 싫어하고, 충돌을 피한다는 K의 유약한 속성도 영향을 미쳤다.

운영자들은 비평은 욕망일 수 없다고 주장했다. 비평을 위해서라면 믿고 따르던 이들과 과감히 결별할 수 있어야 하며, 비평가라는 정체성은 옳음을 추종하는 과정에서 얻을 수 있는 잉여가치에 불과하다고. 그들의 눈에 정체성과 따뜻한 자리, 환상으로만 빚어져야 할 잉여가치를 욕망하는 K는 옳지 않았다. 어떤 욕망은 비평 플랫폼에 담길 수 있었지만, 어떤 것은 그렇지 않았다. K는 하고 싶지 않은 싸움을 반복했다.

괴로웠지만, 비평 앞에서 비겁했다는 죗값을 치르기 위해서라면 이 정도의 포기는 당연하다고 생각했다.

24인의 노마드 운영자는 K의 행동을 하나하나를 평가하고 통제하기 시작했다. 한 명은 K에게 자신과 사이가 좋지 않은 비평가와 연락하는 걸 비난하며 K가 쌓아 온 교우 관계를 책망했다. 또 다른 한 명은 K가 직장을 잡으면 노마드는 정상적으로 운영되기 힘들 것이라 힐난했다. 숭고함을 위해 모든 욕망을 버려야 한다는 화살을 맞으며 K는 결심했다. 자신이 1년 4개월간 썼던 모든 글을 지우고 노마드를 나서기로.

24인의 운영자들은 하얀 원탁에 둘러앉아 회의를 이어 갔다. 1시간의 회의 끝에 K가 각서를 써야 한다는 주장이 나왔다. 첫째, 노마드 운영 과정에서 있었던 일을 발설하지 않는다. 둘째, K는 영원히 비평계를 떠난다. K에게는 자신의 거취를 결정할 자격이 없다! 이것이 원탁회의의 결론이었다. 24인의 비평적 순교를 더럽히는 것은 한국 비평계의 몰락으로 간주되었다.

K는 각서에 서명했다. 각서 공증을 위해 행정복지센터에서 떼 온 본인서명사실확인서가 48개의 눈알 앞에서 태극기처럼 펄럭였다. 2023년 현재 노마드의 운영자는 여덟 명으로 줄었다. 6개월 전 「해피아워」를 다룬 비평이 올라온 뒤로 새로운 글은 더 이상 올라오지 않았다. 그 누구도 노마드에 대해 이야기하지 않았다. K도 마찬가지였다.

정체성은 바깥에서 침입한다

K는 외화면에 대한 글을 썼다.

「프릭스(Freaks)」의 크고 작은 몸은 우연처럼 침투한다. 외화면의 다른 크기의 인물이 내화면으로 침입할 때, 신체의 크기에 대한 외부적 인식이 있을 때,「프릭스」의 풍경에 비로소 'Freak(괴물)'이라는 의미가 덧붙는다. 그들은 '나'라는 외부의 존재보다 크거나 작다. 그들의 신체는 외화면 존재와의 충돌 끝에 비로소 애틋해진다. 그들의 불완전한 세계를 두드리는 건 외화면이다. 공격적으로 침투한 외부는 내화면을 비로소 완전하게 한다.[6]

영화의 정체성이 외화면에서 만들어지는 것처럼 비평가의 정체성은 플랫폼의 외부에서 규정되어야만 했다. 자기충족적인 프레임에 갇힌 비평가는 친목과 나태, 우울과 적대에 익숙해질 수밖에 없을 터였다. 유운성은 영화 비평이 "지금 이곳의 영화만 바라보는 작업이 아니라 사라진, 불구가 된, 보이지 않는, 잊혀진, 차단된 영화들을 온갖 방식으로 불러내고 그들 사이를 부지런히 오가"[7]는 작업이라고 정의했다. K에게 본인서명사실확인서 이후의 노마드는 외부와의 접점이 사라진 내부였다. K는 자기 자신에게 물었다. 노마드라는 비평

---

6   장루이 셰페르, 김이석 옮김,『영화를 보러 다니는 평범한 남자』(이모션북스, 2020) 참고.

7   유운성,「밀수꾼의 노래:「영화 비평의 '장소'에 관하여」이후, 다시 움직이는 비평을 위한 몽타주」,《문학과사회》제28권 제4호(문학과지성사, 2015).

플랫폼에서 교환하고자 했던 욕망, 얻고자 했던 부산물, 우연과의 마주침이 지금 가능한지. 답은 '아니다'였다.

"숨만 쉴 수 있다면 누구나 인스타그램을 할 수 있습니다!" 메타는 이 오만한 명제의 반동을 감당하고 있다. 연일 해고된 직원이 틱톡을 찍는다. 오늘은 1만 명이, 어제는 5000명이 '메타 해고 브이로그'를 올렸다. 지금의 소셜 미디어 플랫폼이 허약해지는 이유는 그들이 접하는 외부가 점차 좁아지기 때문 아닐까? 숨만 쉬면 말할 수 있었던 플랫폼이 자신의 얼굴을 비닐봉지 속으로 집어넣는다. '폰허브(pornhub)'의 인스타그램 계정 삭제,[8] 여성 유두의 노출 금지, 알고리즘 바깥의 종말, 모든 수축이 메타 주가를 파란색으로 물들인다……. 플랫폼의 존재 가치는 외부와의 접점을 무한히 늘려야만 유지 가능하다는 점에서 그 태생부터 위태롭다. K가 머물렀던 비평 플랫폼은 몇몇 트레일러들을 주차장 밖으로 내몰면서 수축했다.

비평 플랫폼은 그 시작부터가 비평과 플랫폼 사이의 사생아였다. 숨 쉬는 이들과 우정의 편지를 주고받는 순수한 비평일 수도 없고, 킴 카다시안을 욕망하는 누군가가 들어차 트월킹을 하는 플랫폼일 수도 없는 것. 혹은 그 둘일 수밖에 없는 것. 운영자들은 K의 욕망을 통제했다. 노마드에서 K의 욕망은 비평의 숭고함과 조화할 수 없기에 절제되어야 하는 대상이었다. 모든 욕망이 오가야 했던 플랫폼에 보이지 않는 욕망에 대한 단죄가 가득했다. K의 욕망이 자리 잡을 비평 플랫폼

---

8 Amanda Silberling, "Instagram permanently disabled Pornhub's account," *Techcrunch*(2022. 9. 29.).

은 없었다. K는 매일 생각했다. '비평계에 자리 잡고 싶다는 생각을 버렸다면! 비평계에 자리 잡을 수 있었을 텐데…….'

노마드에 남겨진 8인의 운영자는 비평계에 자신의 자리를 공고히 했다. 누군가는 눈썹을 강조한 논객 메이크업을 받은 채 스튜디오에 앉았고, 누군가는 국내 유수 출판사의 작가가 되었다. '떠돌이로 글 쓰는 법, 당신도 작가가 될 수 있다'라는 제목의 대형 강의가 열렸다. K의 서명이 담긴 비평 포기 각서는 총 24부 복사되었다. 아마 지금은 자취를 감춘 순교자들의 서랍 속에도 K의 비평 포기 각서가 들어 있을 터였다.

내 영역

*영이

한 아이가 탯줄조차 떼지 않은 채 방 안에 버려진다. 아파트 관리인에게 발견되어 목숨은 건지지만, 아이는 고아원에 들어간 이후로도 자신이 버려졌던 아파트 302호로 끊임없이 되돌아간다. 그는 태어나자마자 아무도 없이 혼자 덩그러니 누워 있었던 그 집을 자신의 '어머니'로 인식하게 된 것이다.

호러 게임 「사일런트 힐 4」(2004)의 등장인물인 월터 설리번은 출입을 방해하는 아파트 입주민들을 포함한 총 21명을 살해해 제물로 바침으로써 어머니 302호를 되살리려고 한다. 게임의 배드 엔딩에서 의식에 성공한 월터는 마침내 302호 안에 누워 다음과 같이 말한다.

"나 왔어요⋯⋯. 누구도 날 방해하지 못하게 할 거예요⋯⋯. 엄마하고 영원히 함께 있을 거예요⋯⋯."

부활한 302호에 홀로 누운 월터를 바라보며 아늑함과 슬픔이 동시에 느껴졌다. 그토록 '어머니'와의 연결을 원하더라도, 잃어버린 연결은 복구도 회귀도 불가능하다는 데에서 오는 감각이리라.

영역 동물들

나는 아무리 친한 친구라도 집에 초대하지 않는다. 함께 거주하고 있지 않은 존재가 현관에 발을 들여놓는 것만으로도 마치 신체에 이물질이 침입한 듯한 느낌을 받는다. 플라스틱, 비닐 등의 무기물이 몸 안으로 들어오거나 기생충이 피부를 뚫고 침입하는 감각. 빼낼 수 없는 것이 내장 안에서 돌아다니는 감각. 나는 내 집이라는 공간에 외부의 존재가 들어오면 정신적 면역 반응을 일으키는 것이다.

물론 일반적인 인간은 월터 설리번이나 나처럼 '나'와 '내 집'의 관계에 극단적으로 집착하지도, 공격적인 동시에 방어적으로 굴지도 않는다. 다만 그것은 일반적인 사회에서 사회화된 인간이 곧 일반적인 인간이기 때문이다. 인간이 어울려 살 줄 안다는 건 그런 것이다. 사회화되지 않은 인간을 두고 사람들은 '짐승 새끼에 가깝다'고 이야기한다. 그러나 동물에게도 사회화 과정은 존재한다. 사회화란 무리 생활을 하는 동물과 단독 생활을 하는 동물을 가르는 기준일 뿐이다.

개체가 집단으로 영역을 확장시키는 사회화 과정은 내 집 밖의 타인을 향한 적개심을 사라지게 하지 않는다. '나' 아닌 외부를 향한 공격성이 '우리'가 아닌 타자를 향한 배타성으로 전환되는 과정일 뿐이다. 자신의 영역 안으로 이물질을 들이는 데에 무던한 이는 이물질 자체에 무던한 것이 아니다. 그저 자아 영역을 확장하고 그것과 자기 자신 사이에 이물감을 느끼지 않을 수 있는 대상이 비교적 많을 뿐이다. 이들도 '우리' 바깥의 존재에게는 '너는 우리의 일부가 아니다'라고 말하는 데에 거리낌 없을 뿐 아니라 당당하기까지 하다. 어울려 산다는 말 앞에는 어디까지나, 언제까지나 '자기끼리만'이라는 말이 생략되어 있다. 너무 당연해서 구태여 입 밖으로 꺼낼 필요조차 못 느끼기 때문이다.

자아의 영역

인간은 가만히 내버려 둬도 도시나 마을을 이루고 잘들 모여 사는 동시에 햄스터처럼 함부로 합사했다가는 입과 손에 피를 잔뜩 묻힌 하나의 개체만 남는 일도 발생한다. 그래서 인간에게는 집이 필요하다. 영역이란 자아의 연장을 의미하므로, 받아들일 수 없는 다른 자아와 영역이 겹칠 시 어느 한쪽은 반드시 제거되어야만 한다. 나의 자아를 '해체'하는 자아는 '독'과 같다. 반대로 나의 자아를 '증가'시키고 '보존'되게 하는 자아와는 영역을 공유할 수 있다.[1]

그렇다면 애초에 '내 영역'이라는 것이 어째서 자기 신체의 연장처럼 느껴지게 되는가? 월터 설리번은 어째서 자신이 버려졌던 방을 어머니와 등치시켰는가?

모든 생명에게는 모체가 존재한다. 모체를 가지는 것이 생명의 조건이라고 바꿔 말할 수도 있다. 인간, 영장류, 포유류, 척추 동물에게만 모체가 있는 것이 아니다. 모든 생명체는 '어머니'를 갖고, 나아가 그로부터 분리를 겪는다고 말할 수 있다. 이때 '어머니'라는 존재는 '여성'과 같은 성 구분을 생산하는 젠더화와 무관하다. 실재적 차원에서 분리가 일어난 이후에도 이 '어머니'는 자아의 상상적 차원에 여전히 잔존한다. 이때 한 동물이 자아로부터 상실된 모체의 영역을 외부 공간으로 (완벽하게는 아닐지라도) 대체한다면 그는 영역 동물인 것

---

1 질 들뢰즈, 박기순 옮김, 『스피노자의 철학』(민음사, 2001), 39, 54쪽.

이다.

　그런데 때로 이 모체의 영역에 동물 그 자신의 신체가 포함되지 않을 수도 있다. 한 개체에게 '어머니'에 대한 애착이 너무 강하게 작용해 모체의 영역을 자기 자신보다 중요하게 여기기에 이르면, '나'의 몸은 정작 내 영역에서 빈자리로 남게 될 수도 있는 것이다. 월터가 어머니를 재립시키고자 희생시킨 21명 중에는 월터 본인도 포함되어 있었다. 그는 감옥에서 숟가락으로 목을 2인치가량 찔러 경동맥을 절단하는 방식으로 자살했다. 그에게는 태어나자마자 안겨 있었던 아파트 302호가 자신의 몸보다 더 진정한 '자신'이었던 것이다.

　나 또한 집에 관한 경계심은 민감하고 날카로운데도, 신체에 대한 보존 의식을 일절 가지고 있지 않았다. 택배 상자를 집 안에 들여놓는 것만으로도 극심한 이물감을 느꼈지만 내 몸을 향해 겨누어진 칼날은 전혀 위험으로 인식하지 못했다. 최소한 호르몬 대체요법을 통해 몸을 자아의 일부로 인식하기 전까지는 내 영역에 내 몸이 존재하지 않았다. 처음으로 신체 보존 의식을 느끼게 해 준 이 트랜지션 과정이란, 어쩌면 내 영역 안에 덩그러니 놓여 있는 이물을 내 것으로 빚어내는 과정인 것인지도 모르겠다.

몸에서 살기

　젠더 트랜지션 과정은 보통 전환의 영역에 따라 크게 두 가지로 나눌 수 있다. 우선 사회적으로 표현하고 받아들여지는 성별 양식을 전환하는 사회적 트랜지션이 있고, 물리적인 방식으로 몸 자체를 전환하는 신체적 트랜지션이 있다. 둘 다 스스로를 인식하는 이미지에 맞지 않던 사회적 기호, 신체를 자아상에 맞게 전환하는 과정이라는 점에서 공통분모를 가지며 두 과정은 서로 교차하기도 한다. 하지만 각 영역에서 벌어지는 전환 과정은 근본적인 차원에서 성질이 상이하다.(성전환자를 일컫는 데에 두 가지 용어, 트랜스젠더와 트랜스섹슈얼이 혼용되는 것은 이러한 두 가지 존재 양식을 반영한다.)

흔히 '커밍아웃'으로 대표되며 착장, 대인 관계, 언어 사용 등에서 변화를 꾀하는 사회적 트랜지션은 분명 어떤 이들에게 매우 중요한 과정임이 틀림없지만, 한편으로 사회적 삶의 무게를 그다지 대단하게 취급하지 않는 이라면 대수롭지 않을 수도 있다. 사회적으로 가진 것이나 잃을 것이 많은 이들은 커밍아웃에 부담을 느끼며 거대한 서사를 구축하기도 하고 평생 벽장 밖으로 나오지 않고 숨어 살기도 한다. 나의 경우에는 성인이 되었을 때 사회적으로 보유한 그 어떤 자원도 없었기 때문에 곧바로 사회적 트랜지션을 시작했다. 그것은 이미 태곳적이라 할 만큼 오래전의 일이며 거의 모두 지나간 일이다. 그 시기에 수없이 다양한 희로애락이 존재했다는 사실을 부정할 수는 없지만, 또 한편으로 많은 부분이 덧없는 겉치레였다고 느껴지기도 한다.

그러나 지금 당장 진행 중인 신체적 트랜지션은 시작 전에는 상상도 못 했던 질량과 깊이, 부피로 존재의 변화를 일으키고 있다. 신체적 트랜지션에 관해서는 성확정 수술이라고 일컫는 일련의 절차, 특히나 성기 재건 수술만이 부각되는 측면이 있다. 사회적 트랜지션이나 성확정 수술에 비해 상대적으로 잘 말해지지 않는 성호르몬 대체요법이 현재 나의 존재 양식을 가장 크게 바꿔 놓고 있으며, 그 변화의 의미는 간과되어서는 안 될 뿐 아니라 생명의 존재 자체에 치명적이다.

사회적인 측면에서 내가 다른 누군가에게 어떻게 인식되는가는 타인과 접촉이 일어나는 순간순간의 문제이지만 내가 나 자신에게 어떻게 인식되는지는 의식이 깨어 있는 모든 시간 속에서 지속적인 문제다. 한 생명에게 신체는 존재의 최소한의 거주지다. 그런데 단 한 순간도 제외 없이 거주하고 있는 이 몸을 내 집으로 느끼지 못한다면 신변의 안전에 관심이 없게 될뿐더러 생명 보전 의식이라는 것 자체가 형성되지 않고, 더 나아가 스스로 몸을 파괴하고자 하는 경향을 띠게 될 수마저 있다.

　나는 단 한 순간도 인식을 그만둘 수 없는 내 몸을 잊기 위해 중추 신경을 마비시키는 알코올에 과도하게 집착했다. 내 몸을 찢어발기는 폭력 앞에서도 완전하게 무감한 태도로 일관했다. 내 몸이라는 집을 벗어나는 것은 곧 생명의 끝을 의미함에도 말이다. 내 몸을 뒤덮은 온갖 흉터, 화상부터 절상, 자상에 이르는 상처들은 나 자신에 의해 새겨진 것과 타인에게 입은 것이 뒤얽혀 있으며, 이 구분 불가능성 자체가 폭력을 대했던 나의 입장이다. 스스로를 해하고 파괴하려고 했을 뿐 아니라 외부로부터 가해지는 폭력들도 방치했고, 심지어는 조장하기까지 했다. 내 손으로 같은 자리를 한 번에 13번 정도 그었던 오른팔 안쪽의 흉터와 다른 사람 손에 쥐어져 있던 칼이 아랫배에 남긴 길이 19센티미터가량의 깊은 흉터(우연인지 두 흉터의 길이는 같다.) 모두 새겨졌을 때 상처 부위를 대충 신문지로 감싼 채 버스를 타고 집에 갔고 그 상태 그대로 방치하며 병원에도 가지 않았다. 술을 마시고 기억을 잃은 뒤 도대체 어디에서 생겼을지 가늠조차 안 되는 상처가 온몸에 새겨진 채로, 옷은 잃어버리거나 발자국이 남은 채, 전혀 알지 못하는 곳이나 길바닥에서 일어나는 건 일상이었다. 응급실에서 깨어날 때는 신고한 사람을 잔뜩 원망했다. 생명의 관점에서 가장 잔혹한 점은 이 모든 일을 겪는 동안 언제나 아주 조금이나마 즐거움이 깃들어 있었다는 점이다. 이태원 한복판에서 주위 사람들의 환호를 받으며 와인 한 병을 원샷하고는 아주 신이 나서 바닥에 술병을 내리쳐 깬 기억이 있다. 깨진 유리 조각과 사방에 흥건한 피는 토막 난 기억 속에서 흔하게 찾아볼 수 있는 것들이다.

내 영역에 대한 침범이나 인격적 폭력과 마주하면 자해로 반응했다. 이때 내 영역이란 몸을 대체하는 '나'이고, 몸은 '나'를 보호하기 위해 아무렇지 않게 남용할 수 있는, 그런 일이 없더라도 제거하고 싶은, 그럼에도 결코 완전히 제거할 수 없는 이물이었다. 이런 내가 처음으로 자해나 자살 시도를 멈추게 된 것이 바로 호르몬 대체요법을 시작하고 난 이후다. 신체적 트랜지션을 시작한 초반에 외적으로 그렇게 두드러지지 않는 자잘한 신체 변화만으로도 나는 몸을 점점 이물로 느끼지 않을 수 있었다. 이물이 아닌 '내 몸'은 아직 완벽하게 편하지는 않아도 꽤나 누울 만한 집이었고, 아주 작은 부분이라도 내 것이라고 느낄 수 있으면 그 공간을 보전하고자 하게 되었다. 내 몸 바깥의 영역 침범에 항상 분노를 느꼈던 것처럼 신체를 향한 위험에 처음으로 공포라는 것을 느껴 보았다.

'나는 입이 없다 그리고 나는 비명을 질러야 한다'

최근 여성 호르몬을 투약하고 있던 한 트랜스 여성이 시위 도중 체포되어 남성 교도소에 수감된 후 강제로 남성 호르몬을 처방받는 일이 벌어졌다.[2] 부모의 손에 의해 강제 디트랜지션(forced detransition)을 당하고 자살을 한 사례도 있다.[3] 트랜스젠더뿐만 아니라 많은 성소수자들은 일상적으로 전환 치료(conversion therapy)의 위협과 마주하고 있다. 이는 단순히 신체에 대한 침해인 이상으로 자아를 직접 살해하는 일이다. 거주지를 빼앗고 내 집을 내 집이 아닌 것으로 만드는 것. 심지어 이 집은 밖으로 나가거나 다른 집으로 옮겨 갈 수 없다. 나는 이 집에서 영원히 살 수밖에 없다.

이처럼 강제 디트랜지션과 같은 인격 살인이 행해지는 이유는 '내'가 그들에게 '우리'가 아니기 때문이다. 그들은 자신들의 일부가 아닌 이물질을 향해 면역 반응을 행사해 자신들과 유사한 형태로 '치료'하고자 하는 것이다. 이물질을 외부로 몰아내거나 그저 파괴해서 없애 버리고자 하는 면역 반응은 이미 익숙하다. 2023년 한 해 동안 세계적으로 321명의 트랜스젠더가 살해당한 것으로 보고되었다.[4] 그러나 자신들의 일부로 동화(assimilate)하고자 하는 움직임은 생명을 빼앗는 것을 넘어서 생명의 최소한의 존재 근거마저 죽인다. 영역 침범. 주권 찬탈. 식민지화. 집을 뺏긴 나는 내 몸에서조차 죽을 수가 없다.

최근 혈연 중심의 가족 관계로부터 친밀성을 중심으로 한

2   Amelia Hansford, "Sarah Jane Baker prison treatment 'amounts to medical detransition,'" *PinkNews*(2023. 11. 12.).

3   Anya Zoledziowski·Tim Marchman, "A Young Saudi Trans Woman Is Believed Dead After Being Lured From the US and Forced to Detransition," *VICE*(2023. 3. 16.).

4   Transgender Europe, "Trans Murder Monitoring 2023 Global Update."

친족 관계로의 이행을 꾀하는 기획이 많이 이루어지고 있다. 하지만 그보다 중요한 것은 공동체를 형성하는 소속감, 일체감, 동질감의 패권적 결속력으로부터 어차피 같지 않음을 전제로 하는 단독자들 간의 이질적 호기심으로의 이행이라고 생각한다. 자기 자신이 아닌 모든 것에 경계 태세를 내리지 않으면서도 그것들의 '다름'에 일종의 흥미, 즐거움을 가지는 태도다.

애초에 누군가를 나와 같은 이로 규정하고 '우리'를 형성해서 안전감을 느끼고자 하는 속셈이야말로 무리 동물의 가장 비열한 습성일지도 모른다. '어머니' 이후에 '나'와 같은 존재는 없으며, 따라서 진정한 의미에서 '우리 집'이란 존재하지 않음에도 단지 불안과 공포를 줄이겠다는 이유로 눈 가리고 아웅하는 꼴이다.

결속하는 동시에 배제하는 무리 동물의 습성에서 벗어나 단독자들 각자가 집과 집 사이 경계에서 만나는 세계를 상상한다. 결국 단독자들 간의 접촉이 모두의 모두를 향한 영원한 적대로 이어지지 않으려면 단독자들 각자에게 충분히 집이, 신체의 주권이, '어머니'의 영역이 보장되어야만 할 것이다.

저자 약력

* 안담

무늬글방의 대표, 엄살원의 주인장, 얼룩개 무늬의 가디언. 쓰고 읽고 말하는 일로 돈을 벌고 가끔 연극을 한다. 우스운 것은 무대에서, 슬픈 것은 글에서 다룬다. 그러나 우스운 것은 대개 슬프다고 생각한다. 『소녀는 따로 자란다』를 썼다.

* 일움

대구 청소년 페미니스트 모임 어린보라, 청소년 인권행동 아수나로의 상임활동가. 청소년 인권과 페미니즘의 교차성을 연구한다. 지역에서 퀴어여성 청소년의 외모-섹슈얼리티 말하기 모임 등을 만들어 가며, 몸에 대해 말하는 것에 관심이 많다.

* 김민주

김민주 대중음악을 사랑하며 보고 느낀 것을 쓰는 사람. 웹진 《아이돌로지》에 정기적으로 기고하고 있다. 비평 프로젝트 《알 수 없는 평론가들》에 「김도훈으로 보는 K-R&B의 시대」를 실었다.

* 김종은

포항공대 제33대 총여학생회 '비상' 회장. 포항공대 화학공학과에 재학 중이며 총여학생회와 신문사 등 교내 자치 단체에서 활발하게 활동했다. 페미니즘을 비롯한 다양한 정치·사회 활동에 관심이 있다.

* 김혜림

2020년 4월 '콜리그'라는 이름의 메일링 서비스를 론칭했고, 2021년 8

월까지 비평공유플랫폼 콜리그의 운영진으로 활동했다. 잡지 《오큘로》와 《마테리알》에 투고했다. 지금은 지식 정보 콘텐츠 플랫폼 북저널리즘에서 세상에 대한 글을 쓰고, 『한국에서 박사하기』, 『내일의 뉴스레터』 등을 만들었다.

＊영이

폭력과 고통, 분열의 상관관계에 관심을 갖고 글을 쓴다. 한국예술종합학교 연극학과 예술사를 졸업하고 전문사에 재학 중이다. 『정서 지도 그리기』, 『밑 빠진 독(毒)에 물 붓기』, 『월간 종이』 등 제작하고 연극 '오페라 샬로트로니크' 드라마터지를 맡았다. 『호르몬 일지』를 썼고, 『미친, 사랑의 노래』를 함께 썼다.

워터프루프북 X 인문잡지 한편

내가 되는 연습

1판 1쇄 찍음 2024년 7월 8일
1판 1쇄 펴냄 2024년 7월 31일

지은이 안담, 일움, 김민주, 김종은, 김혜림, 영이
발행인 박근섭, 박상준
펴낸곳 (주)민음사
디자인 오이뮤(OIMU)

출판등록 1966. 5. 19. 제16-490호
서울특별시 강남구 도산대로1길 62(신사동)
강남출판문화센터 5층 06027
대표전화 02-515-2000 팩시밀리 02-515-2007
www.minumsa.com

ISBN 978-89-374-4612-2 04810
ISBN 978-89-374-4611-5 04810 (세트)

* 잘못 만들어진 책은 구입처에서 교환해 드립니다.

9 788937 446122 04810

ISBN 978-89-374-4612-2 04810
ISBN 978-89-374-4611-5 (세트)
값15,000원

www.minumsa.com